DE LA MÊME AUTRICE

Aux Éditions Gallimard

AUSSI RICHE QUE LE ROI, roman, 2021, Folio nº 7114. Trophée Folio-*Elle* 2023, prix Françoise Sagan 2022, bourse de la Découverte Fondation Prince Pierre de Monaco 2021, prix JEM du Premier Roman 2021.

ABIGAIL ASSOR

LA NUIT DE DAVID

roman

nrf

GALLIMARD

Pour l'écriture de cet ouvrage, l'autrice a bénéficié d'une résidence à l'Imec – Institut Mémoires de l'édition contemporaine.

Le bouc porte sur lui tous leurs torts vers la terre de la sentence. Il envoie le bouc au désert.

Lévitique, 16:22

1

Il y a ce rêve étrange que je fais parfois où David et moi, à dix ans, marchons sur les rails du passage à niveau. Il est minuit. Nous marchons, et soudain nous glissons sur une neige de ballast et de barres d'acier qui chauffent à notre contact. Les étincelles ne nous font pas mal. Nous glissons, et soudain nous volons, de gare en gare entre les hêtres, nous volons bras et jambes ouverts, David et moi, son visage rond de pleine lune avant la haine et les ravages. Nous atteignons Nemours, Bourron-Marlotte, Souppes-sur-Loing. Nous atterrissons juste devant la grille de chez nous où une Maman de mon âge aujourd'hui nous dispute, nous ordonne de rentrer immédiatement. David baisse le regard, fait un pas triste vers la maison. Mais moi, je ne baisse pas le regard. Moi, je regarde Maman. Je me mets alors à danser. C'est un numéro de music-hall avec du mime et des chansons, des pirouettes, un numéro de clown et de magicienne, de gymnaste, que j'ai cent fois déployé pour mon frère. Et David, près de moi, se met à danser aussi. Nous dansons dans l'allée en fixant notre mère ahurie sous le ciel noir. Le bitume sous nos pieds se transforme en rails et sur les rails, nous dansons et nous rions comme deux petits diables. Je fais ce rêve et ce n'est pas ce qui s'est passé pour de vrai, cette nuit-là. Mais ce n'est pas grave. Avec mon frère David, nous sommes des diables. Nous sommes des dieux.

2

Olive, c'est l'heure, m'a dit David à minuit pile. Ainsi a commencé notre vraie Nuit, aux toutes premières secondes de l'été 2001. Nous avions dix ans. Olive, réveille-toi, c'est l'heure. J'ai ouvert les yeux sur le visage de mon frère qui vacillait dans le rayon de la lampe allumée. Il était assis au bord de mon lit. Il me fixait sans ciller, de son regard noir et brutal, un peu fauve. J'ai promené une main aveugle hors de ma couette pour éteindre le réveil. Alors ? Il est minuit, Olive ? m'a demandé David les yeux écarquillés. C'est bon, il est minuit ? Je me suis redressée et en bâillant, j'ai examiné les aiguilles sur le cadran – notre Nuit suivait l'un des derniers mercredis de notre année de CM2, mais David n'arrivait toujours pas à lire l'heure. Oui, c'est bon, j'ai dit. Il est minuit. Sur le visage de mon frère s'est dessiné un sourire si large que j'ai imaginé son corps disparaître peu à peu et laisser sa demi-lune de dents en flottaison dans notre chambre. Alors c'est l'heure, Olive, a conclu mon frère, ses yeux toujours très grands ouverts. Il haletait un peu. Puis il s'est glissé tout contre moi et a posé la tête sur mon épaule.

Je sentais contre mon flanc le petit rire frénétique qui le traversait en silence. Un instant, nous avons regardé la chambre dans la pénombre.

Je n'avais jamais vu minuit, et lui non plus. Il y avait le coffre à déguisements à demi éclairé d'où pouvait surgir un loup-garou en pleine mue et le bruit blanc du ballon d'eau chaude dans la salle de bains à côté. Ma lampe de chevet se reflétait dans la fenêtre près du lit de David. On aurait dit que dehors, à la place du tilleul du jardin, c'était notre chambre à nouveau – partout autour, notre chambre à David et à moi qui se multipliait à l'infini. Si c'était ça, minuit, un monde entier de notre chambre, sans tilleul ni parents, alors peut-être que nous aurions pu, par exemple, tout annuler de notre Nuit et rester simplement là, à vivre ensemble. Pour ça, j'aurais supporté sans broncher les monstres dans les coffres et les grésillements inquiétants des ballons d'eau chaude. J'aurais réglé chaque nuit le réveil pour cette dimension où rien n'existe d'autre que mon frère et notre refuge et dont les adultes nous interdisaient l'accès, par crainte sûrement de cette armée infinie de David et d'Olive à minuit.

Je n'ai pas proposé ça à mon frère. Je n'ai pas dit : David, allez, s'il te plaît, c'est dangereux. David, on annule, s'il te plaît, écoute-moi, je crois qu'il ne faut pas le faire. Je ne l'ai pas dit. Peut-être que si je l'avais fait, nous serions toujours l'un près de l'autre aujourd'hui. Après la Nuit, il n'y a plus eu de David et d'Olive. Ce fut moi et à jamais ma solitude. Mais à dix ans, j'avais fait une promesse à mon frère et je voulais la tenir. Je l'aimais trop. L'aimer a bien été le drame de ma vie. David avait eu l'idée de la Nuit et c'était à sa demande qu'une ou deux semaines plus tôt, j'avais apporté mon réveil à l'école. La récréation commençait, une horde d'enfants se jetait dans la cour, mais je m'étais faufilée jusqu'à l'estrade. J'avais dit : maîtresse, c'est comment, pour régler l'alarme ? Je n'aurais pas pu demander à Maman, qui entendait tout, comprenait toujours tout, et aurait peut-être, en un regard, deviné notre plan. La maîtresse en revanche, parce que j'étais la première de la classe et aussi la plus jolie de l'école, m'avait tout expliqué patiemment avec un sourire, sans se douter un seul instant de la machination diabolique à laquelle elle participait. Dehors, David s'était adossé à un arbre et il nous observait, elle accroupie devant moi qui passait l'index sur le cadran, et moi qui acquiesçais. Par exemple pour minuit, ce serait comme ça qu'il faudrait faire ? Quelques secondes plus tard, je courais vers mon frère, je voyais au loin ses yeux humides et douloureux qui m'attendaient comme on attend qu'une vague revienne – c'est bon, David, j'avais dit. Je sais comment on fait, pour minuit.

Nous nous sommes levés en faisant attention à ne pas faire de bruit et nous sommes approchés du coffre à déguisements. On a dit que c'est toi qui l'ouvrais, Olive, m'a dit David en se cachant les yeux avec les mains. Oui, j'ai chuchoté. J'ai inspiré, j'ai lancé un dernier regard à mon frère et j'ai ouvert. Entre les tissus jaune et mauve à paillettes, aucune créature ne remuait, mais le chapeau d'explorateur était là et c'était ce que je cherchais. J'ai refermé le coffre très vite et j'ai placé le chapeau sur la tête de mon David hagard, encore protégé par les barreaux de ses mains. Il a glissé les doigts juste au niveau de ses cernes qu'il avait toute l'année violets, comme il pleurait beaucoup. Ce visage rond et ensommeillé sous lequel pendait la corde à vent, la bouche encore gonflée entre les deux auriculaires, les grands yeux frénétiques de mon frère, il n'y avait rien de plus beau sur la terre et ça me donnait du courage pour cette folie dans laquelle nous nous lancions, comme le chapeau lui en donnait aussi. C'était lui qui m'avait dit ça, qu'il lui faudrait prendre le chapeau pour notre Nuit, pour avoir du courage. Merci, a murmuré David. Il faut séparer les jouets, maintenant.

Nous avons tiré les caissettes en toile sous notre bureau. Assis en tailleur l'un en face de l'autre, et aidés du halo de ma lampe torche Hello Kitty, nous avons décidé de ce qui était à moi et de ce qui était à lui. Il y avait surtout des choses faciles comme son circuit de train ou ma palette de maquillage, mais ce n'était pas grave – comme deux petits comptables très ordonnés, nous redisions : ça, c'est à Olive, et ça, c'est à David. Nous faisions des piles et des montagnes insensées que nous disposions partout autour de nous. Ce qui était à David ou à moi, je n'en étais plus sûre au bout d'un moment, et plus les jeux de nos caissettes s'amoncelaient autour de nous, plus nous jouions vraiment et tout nous faisait rire. Voilà qu'en oubliant de chuchoter, nous lancions haut la balle rebondissante, et David se levait pour faire du yo-yo, et je plaçais sur son circuit le train bleu qui se cognait contre notre kit d'expérience volcanique – Maman est entrée à ce moment-là. Non mais ça va pas la tête ? C'est quoi ce cirque ? Elle nous a ordonné de retourner nous coucher illico en comptant jusqu'à trois. Nous avons grimpé sur nos lits encore hilares en laissant nos montagnes anarchiques sur le plancher, tandis qu'elle éteignait ma lampe d'un geste sec en disant qu'elle ne voulait plus nous entendre. Pendant plusieurs minutes, sa grande silhouette aux bras croisés est restée dans l'encadrement de la porte, avec son ombre qui écrasait nos bras et nos jambes pour les maintenir sages. Quand elle est enfin partie, David a dit : n'oublie pas que tu m'as promis, Olive. On va le faire quand même, d'accord ? D'une voix rauque d'adulte éraillée par la peur, j'ai répondu que oui, je savais que j'avais promis, et on le ferait quand même. On attendrait un peu que Maman se rendorme et on se lèverait à nouveau. Il y a eu un silence. Puis David s'est remis à rire. C'était un rire venu d'un autre monde, une caverne très ancienne. Tout doucement, ce rire s'est mué en sanglot, comme à minuit se muent en monstres, à l'intérieur de notre coffre, les humains griffés par les loups.

3

Ce qu'il faut peut-être savoir, c'est que j'ai vu le poing de mon frère s'accrocher à la grille de l'entrée chaque jour de mon enfance. Si c'était par exemple une journée de printemps, soudain, dans la vapeur de la lumière, il n'y avait plus que ça, au centre : sa petite main rageuse qui tenait le barreau. Personne n'aurait dû la voir, cette main, depuis la table de jardin où nous déjeunions – on ne voyait même plus le fer forgé de la grille avec tout ce soleil. Mais moi, je la voyais, comme d'habitude. Je voyais tout si c'était lui. Je replongeais le nez dans mon assiette, j'écrasais deux pommes de terre du plat de ma fourchette – un instant, le jardin n'existait plus, la grille de l'entrée non plus, et pas même l'enfant cramponné aux volutes en fonte. Un instant, il n'y avait plus que le beurre translucide fondu sur les légumes et les bracelets de ma mère. Ensuite, il fallait parler, parce qu'il le fallait, voilà tout. Je disais : David essaie d'escalader la grille. Tout le monde se levait d'un coup dans le carillon des couverts. Sur la table désertée, une serviette froissée chavirait avec le vent des départs, une mouche planait au-dessus d'un verre d'eau. Et David se mettait à hurler. Il s'agrippait plus fort aux barreaux tandis que ma mère lui saisissait le torse. Il agitait une jambe pour trouver un appui plus haut, mais cela nécessitait d'être léger et fort, et mon frère n'était ni léger ni fort – la vérité, je le savais, c'est qu'il ne réussirait jamais à monter très haut, même si un jour personne n'était là pour le surprendre dans sa manœuvre. Mais ce jour-là, je l'avais encore surpris et il hurlait encore, et sa voix déraillait tant il hurlait, les jointures de ses doigts étaient rouges comme ses joues irritées ; derrière lui et ma mère qui le tirait vers l'arrière, notre grand-mère plus tôt attablée assistait au spectacle. À cause des cris, sa voix resterait cassée toute l'après-midi, comme chaque fois que mon frère David essayait de s'enfuir de la maison en escaladant la grille.

Plus tard, je le retrouvais gémissant dans notre chambre sur son lit jumeau bleu, le visage tapi dans l'oreiller couvert de larmes et de morve. Le tilleul du jardin hachait son corps d'ombres et soudain, c'était comme la grille de l'entrée projetée sur son dos ; c'était la grille de l'entrée qui avait poursuivi mon frère jusqu'ici. Longtemps après l'histoire de notre Nuit, j'ai pensé que tout avait peut-être démarré là, à cause des longs doigts du tilleul ficelés autour de lui depuis que nous étions nés et que, dans la chambre à l'étage, on avait placé son berceau près de la fenêtre et le mien près de la porte. Je m'allongeais sur mon lit jumeau et David gémissait de plus belle, parce qu'il était en colère de gémir devant moi qui ne gémissais pas, avec mon nez propre, ma salopette, mes mains douces posées sur mes genoux – tout ce qui faisait que j'étais une fille et qu'en miroir, il était un garçon.

Il gémissait et quand je disais : David, il poussait un cri de bête précipité depuis le fond de ses entrailles et me tournait le dos. Je prenais mon *Minnie Mag* et je lisais au son de sa complainte qui, si je tournais bruyamment une page, s'exaltait encore, pour devenir, avec les minutes et dans le ballet des ombres sur sa cuisse d'enfant, plus lente, plus paresseuse, comme une fontaine s'épuise – je connaissais la musique, c'était la musique de mon frère. À la fin ne sortaient plus de lui qu'un hululement frêle et des reniflements épars dans le silence. Il redevenait calme. Bientôt, je fermerais mon *Minnie Mag*, je demanderais s'il voulait jouer, il répondrait d'accord. Mais je serais en train de mentir car jouer ne comptait plus pour moi et n'avait peut-être jamais compté puisque j'étais née liée à ce frère-là. Ce qui comptait, ce qui avait toujours compté, c'étaient les ombres sur mon frère qui revenaient chaque fois qu'il s'allongeait ici. Je ne voulais pas jouer. Je voulais m'allonger sur lui, comme une feuille tombe sur une feuille et prend sur elle les brûlures du soleil.

4

C'était une maison entourée de bouleaux, jolie et perchée sur un roc escarpé qui donnait sur le Loing, où un père travaillait au jardin, où une mère remuait une cuillère en bois dans une casserole sur le feu et où leurs jumeaux jouaient avec un circuit de train dans leur chambre à l'étage. Il y a cette photo abîmée que j'ai encore, où le frère brun et la sœur rouquine, tout sourire dans le jardin, tiennent chacun un cornet de glace. Au-dessus de leurs têtes, on peut voir une fenêtre. Derrière cette fenêtre, depuis son lit le soir venu, David me dictait les étapes absurdes de la Nuit à venir, et j'y consentais.

On racontait que dans cette chambre, mon frère et moi étions nés ; c'est-à-dire que Maman n'avait pas eu le temps de se rendre à l'hôpital parce que nous avions toqué très tôt dans son ventre, et nous avions poussé nos premiers cris – moi d'abord, David ensuite – dans notre exacte chambre, à l'ombre du tilleul et avant même l'arrivée des secours. Voilà comment les murs des maisons se cousent à la peau des enfants. Jusqu'à la Nuit, entre ces murs, David et moi nous étions employés à grandir ensemble et à nous lever aux aurores au désespoir de notre mère. Je ne le voyais jamais aussi gai qu'au réveil, avant que le monde ne l'accable. Il ouvrait les yeux déjà réjoui de vivre, et c'était ça qui peut-être avait constitué le socle de mon chagrin : de n'avoir jamais vu en lui aucun espoir, mais seulement la certitude chaque matin qu'il serait aujourd'hui un petit garçon heureux. On se souriait dans la pénombre. Voilà ce qu'il fallait savoir, ce que les autres auraient dû savoir, et moi avec eux : au réveil, David souriait dans la pénombre, je souriais aussi, et dans son sourire à lui, percé dans mon souvenir du trou laissé par l'incisive qu'on avait perdue tous les deux, le même jour au CP, se déployaient des pays tout entiers de matins heureux. C'étaient des mers tièdes et des fleurs qui palpitaient à l'intérieur de lui – et qui devaient en retour palpiter à l'intérieur de moi, puisque je portais le même trou au milieu des dents ; j'étais plus ample grâce à mon frère. C'était ainsi, roi et reine du matin, parcourus par la même certitude imbattable que rien, jamais, ne viendrait troubler notre bonheur, que nous descendions l'escalier.

Nous nous placions en tailleur à même le plancher du salon, nos nez collés à la télévision et nos genoux collés l'un à l'autre, dans ce triangle chaud qui était notre taupinière et dans lequel notre univers, jusqu'à l'heure du petit déjeuner, n'était plus que ces dessins de bonshommes qui obliquaient sans cesse à droite, à gauche, en poussant des petits cris, et avec qui nous accomplissions la conquête de l'Afrique, des grands fauves, des aigles et des hippopotames, des déserts de sable et de pierre. David suivait les aventures des Delajungle la bouche ouverte, et moi, je suivais David en train de suivre, avec ses cheveux en bataille, son cou rouge d'eczéma, sa mâchoire épaisse et délassée qui ne souffrait d'aucune des contractions que l'on s'impose dès lors que l'on comprend que les autres nous voient, et puis son nez renflé qui se concluait, tout au bout, par un grain de beauté en relief, une excroissance très sombre qui narguait les frontières habituelles du visage et disait déjà tout de mon frère, puisque c'est aux frontières que mon frère heurtait son corps sans cesse. À David peut-être, il aurait fallu, au lieu d'une grille d'entrée, les déserts, l'Afrique des Delajungle, et j'aurais voulu dessiner pour lui, trait par trait et avec mes meilleurs crayons de couleur, la mappemonde qui serait la sienne. Il éclatait de rire devant l'écran, la peau pendante sous son menton remuait. Je l'aimais irrémédiablement.

Je l'aurais gardé ainsi, David, si j'avais pu, je l'aurais conservé minuscule et riant dans le refuge de mes mains. J'aurais tari ses larmes à leur source en les buvant au goulot de ses yeux. Alors j'aurais empêché qu'il la désire tant, cette Nuit. J'aurais barré la route à la cascade des catastrophes qui nous ont menés à cette décision et il serait là avec moi aujourd'hui. Mais mon frère ne tenait pas dans mes mains, et le bal familial des contrariétés s'agitait très vite autour de lui, avec Maman qui nous appelait depuis la cuisine, et Papa qui débarquait les cheveux mouillés de la douche, nous tirait la télécommande et zappait sous nos yeux impuissants sur les chaînes d'info. Soudain, David et moi étions assis à la table de la cuisine devant nos bols de Miel Pops qui sentaient le sucre, et Maman tapait des mains, disait : allez, hop, hop, hop. Elle allait et venait entre le lave-vaisselle et les placards, et plus elle gesticulait, plus le visage de David se délitait. Ses gestes devenaient peu à peu plus faibles, si bien qu'en portant la cuillère à ses lèvres, le lait coulait sur son pyjama. David ! criait Maman. Et elle se jetait sur lui armée d'une éponge. Moi, je raclais les dernières miettes de céréales et je voyais le petit torse de mon frère se secouer au rythme des frottements et ses yeux morts fixer aveuglément un point sur mon front.

Soudain encore, nous étions dans la chambre près du tilleul. Je connaissais ma fonction, dans cette pièce, à cette heure-là, je savais ce qui était attendu de moi : déplier les vêtements posés sur la chaise, enfiler mon collant en laine mauve, mon tricot de peau, et la robe en jean avec des broderies en forme de roses que Mamie m'avait achetée. Devant l'autre lit jumeau, c'était Maman qui habillait David. Tout seul, il n'y arrivait pas. Les paupières un peu lourdes, elle soulevait le bras amorphe de mon frère, le passait dans la manche en soupirant – son soupir relevait et abaissait, pendant une fraction de seconde, la vapeur dense de cheveux roux qui tombait sur ses épaules. Je surprenais parfois ce même soupir quand elle se croyait seule, assise au salon dans l'angle clair d'une lampe un matin d'hiver. C'était chaque fois la même grâce infime, et peut-être le premier de ses grands mystères. Le bras de David retombait comme une masse. Il oscillait doucement, en miroir avec les fleurs en perles qui oscillaient aussi aux oreilles de Maman – elle les remettait chaque jour que Dieu faisait, et ces boucles d'oreilles là dictaient peut-être son tempo au bras triste de mon frère. À genoux devant lui, elle passait ensuite la bande de cuir de sa ceinture dans la boucle en métal. À la fin, David était allongé sur le lit, et Maman lui enfilait ses baskets, saisissait son pied, le tordait pour parvenir à le faire glisser le long de la semelle. Dans ces moments-là, j'aimais m'étendre sur mon lit et déplier le bras vers mon frère tandis que Maman lui nouait ses lacets. Il tournait alors vers moi son large visage pâle. Ses yeux comme deux olives noires se plissaient d'amusement et il me tendait le bras en retour. Nos petits index se touchaient ; nous gloussions.

Parfois, il saisissait mon doigt. Je t'ai attrapée, riait-il, son buste courbé en arc pour m'atteindre. Moi, je commençais à rire aussi, à tortiller le bras et à dire : au secours, je suis prisonnière. Je sentais que mon frère resserrait sa prise. Il ne souriait plus. Il se mettait à me tordre l'index comme il l'aurait fait d'un tournevis. Aïe, faisais-je. Les larmes me montaient aux yeux. Maman, au bout du lit, se redressait tout de suite et David me lâchait. Il t'a fait mal, Olive ? demandait-elle alors que je récupérais mon doigt rougi en jetant des coups d'œil fâchés à mon frère. Il t'a fait mal ? David regardait le tilleul par la fenêtre. Non, répondais-je chaque fois. Maman nous observait l'un et l'autre pendant quelques secondes. Tu me le jures ? Tu me le jures, qu'il ne t'a pas fait mal ? Je jurais.

5

David pouvait jouer et rire, et soudain se mettre à hurler, parfois à me frapper – on ne pouvait jamais savoir, c'était un coup de dés. On appelait ça son diable. Le jour où il a conduit un train, quand nous avions cinq ans, il était le garçon le plus heureux du monde. Avec Maman, ils étaient allés en Transilien chez le pédiatre de la grande ville pour son histoire d'asthme. Sur le quai, Maman tirait David par la main pour le faire entrer dans le premier wagon et David résistait, il tendait le cou vers le poste de conduite pour parvenir à voir le tableau de bord, et aussi le conducteur, et aussi la casquette du conducteur – pour voir si c'était comme dans notre livre sur les trains, m'avait-il raconté quelques heures plus tard. C'était le conducteur qui l'avait vu le premier – il avait ouvert la porte de sa cabine, et il avait dit : hé petit, tu veux monter ? Hé petit, tu veux monter ? a répété David toute l'après-midi en dodelinant de la tête – une tête à la coupe très courte surmontée d'une houppette réalisée juste après le pédiatre, comme Maman saisissait chaque occasion de confier à un nouveau coiffeur du Loiret la tignasse de mon frère qui, en dépit cette fois-ci du coup de ciseaux imbattable de chez Brin d'Hair, avait fini comme toujours par repousser à l'identique au bout d'une semaine.

La Nuit a peut-être trouvé une de ses racines ce jour-là. Peut-être, je ne sais pas. Ce que je pense aujourd'hui, vingt ans plus tard, c'est que la Nuit devait être là bien avant nos naissances. Elle attendait qu'on arrive, quelque part sur les rails du temps, et à l'âge de cinq ans, dans notre salon cette après-midi-là, nous étions en train d'arriver. David me décrivait encore et encore comment il avait conduit le train, avec la sonnette qui faisait cling-cling au démarrage. Il me demandait de répéter le son après lui, il me disait : Olive, répète après moi, cling-cling. Je répétais et il était parcouru d'un frisson de joie. Il me parlait en boucle du gros bouton bleu qui fermait toutes les portes et sur lequel il avait appuyé lui-même, oui, lui-même, et ça avait marché, ça avait fermé toutes les portes, il avait appuyé lui-même. Ensuite, les freins avaient lâché, ça avait fait pschhh – ça aussi je devais le répéter, et quand je faisais pschhh, David démarrait, il courait autour de la table basse du salon en sifflant comme un fou, et moi je riais, puis j'imitais le son d'un klaxon, je disais : au secours, un obstacle, et mon frère s'arrêtait net et gigotait sur place en gloussant, le temps qu'à nouveau je fasse lâcher les freins, et il repartait alors à mille à l'heure. Maman et Mamie nous jetaient des coups d'œil depuis la salle à manger où elles buvaient le café en feuilletant des albums photo. De temps en temps, elles lançaient : David, fais attention quand tu conduis ton train. À cette phrase saugrenue, on ne répondait même pas. David ne conduisait pas le train. Il était le train.

Il avait foncé dans l'envers du monde, mon frère-train. Il me disait tu sais, quand tu es un train, tous les arbres s'écartent pour te laisser passer et font des révérences. Il me disait quand tu es un train, tu creuses des chemins qui n'existent pas et de là, tu comprends toutes les choses, tu vois tous les secrets. Il m'expliquait ça tout essoufflé d'avoir été un train en marche pendant une heure autour de la table basse, avec sa respiration qui sifflait comme une locomotive, ce qui me paraissait parfaitement logique, mais Maman est passée par là avec ses gros albums noirs dans les bras. Elle a dit : David, tu as besoin de prendre de la Ventoline. David n'a pas entendu, puisqu'il était un train. Les trains n'ont pas de mère ni de problèmes d'asthme. Il continuait à me détailler sa vie de train, ahanant et heureux, pendant que Maman posait les albums sur la table basse, allait d'un pas pressé vers les toilettes du rez-de-chaussée où se trouvait l'armoire à pharmacie, en revenait avec un sachet en plastique blanc. Elle s'est accroupie près de David, elle a sorti du sachet la chambre d'inhalation, elle y a fixé l'aérosol. C'est quand elle a voulu placer le masque en plastique sur la bouche et le nez de mon frère que tout a démarré. David s'est dégagé. Il a regardé Maman, et ses cheveux épais et roux, et sa bouche rose, avec un étonnement curieux, comme s'il découvrait une toute nouvelle espèce et alors que j'avais les exacts mêmes cheveux et l'exacte même bouche qu'elle. D'un coup, son visage s'est déformé. Sa bouche s'est ouverte si grande que les plaques d'eczéma sur ses joues se sont craquelées un peu, et voilà qu'il poussait sur le visage de mon frère un réseau ferré en fines rayures de sang.

Le jour où mon frère David a conduit un train, il était le garçon le plus heureux du monde, mais il a quand même eu son diable. Il s'est quand même roulé par terre, il a quand même cogné dix fois sa tête contre la base du canapé. Il a saisi un album photo sur la table basse et il s'est mis à en déchirer les pages, avec les mains, puis avec les dents, ses dents de chien et de loup, et ses yeux de démence où Maman jurait avoir vu couler le Styx. Mamie a débarqué de la salle à manger en entendant les cris, comme Papa qui descendait du premier étage où il faisait la sieste – les David crient beaucoup, mais dans les grandes maisons, ils rassemblent. Leurs cris servent de boussole pendant les balades en forêt où les jumeaux se perdent, et d'avertisseur sonore dans la foule d'un marché ; ça, je l'ai noté très tôt, on ne pourra jamais l'enlever à mon frère. Il y a eu d'abord, comme chaque fois, un temps où personne n'a rien dit. Nous le regardions sidérés. À nos pieds sur le carrelage se dispersaient les lambeaux de photos mouillés de sa salive avec les liserés blancs dentelés du papier mis en charpie, les bouts lacérés de visages heureux, de vacances à la mer, de nourrissons aux lunettes de soleil – enfin, toute notre œuvre démantelée. David continuait à déchirer les pages, puis à mordre les coussins, à frapper du poing sur le plancher et, sans cesser de hurler, il s'est levé et s'est rué vers moi tous ongles dehors pour me griffer. Le voir essayer de me faire mal, c'était toujours le signal qui réveillait mes parents. Parfois ils disaient : mais il veut la tuer ou quoi ? Papa a saisi David au vol, il a dit ah non, ça suffit, tu ne touches pas à ta sœur, et il a monté son corps déchaîné dans notre chambre près du tilleul. Il l'y a enfermé. Pendant plusieurs heures ensuite, nous avons entendu David hurler au premier étage. Dans le salon, Maman ramassait les ruines de nos photos d'enfance à la balayette. Papa regardait la télé, Mamie tricotait, moi, je coloriais. Après un temps, les hurlements se sont tempérés, puis ils ont repris de plus belle. Maman, balayette à la main, a jeté un regard vers l'escalier. Elle a soufflé : mais il est fou.

6

À la maison, tout n'était qu'interruption. Nous jouions à être un train parcourant le jardin, et nous entendions soudain : David ! scandé depuis la maison. Nous comptions les nuages allongés dans l'herbe, nous n'en avions pas compté cinq qu'apparaissait alors au-dessus de nos têtes le visage de Maman assombri par le soleil à l'arrière de son crâne : qu'est-ce que vous faites ? Nous faisions rouler des billes assis sur le plancher de notre chambre, et Maman ouvrait soudain la porte d'un geste sec. Olive ? Tout va bien ? Tu me le jures, que tout va bien ? Et si de temps en temps un promeneur au bord du Loing levait la tête et voyait, au-dessus de nos murs, un cerf-volant dépasser des bouleaux, cela ne durait jamais plus de quelques secondes. Maman finissait toujours par en empoigner le fil. Le petit losange rouge, qu'on avait fait voler comme deux enfants qui s'aiment savent toujours le faire, atterrissait alors sur un buisson, crevé parmi les ancolies.

Voilà : là où était David, il fallait surveiller, une porte s'ouvrait, Maman appelait, des fils de cerf-volant tombaient à terre. Si je jouais seule, on me laissait jouer longtemps. Mais moi j'aimais David, alors avec lui je jouais vite. Quand les amis de Paris venaient déjeuner, et c'était le cas souvent le samedi ou le dimanche, c'était différent, parce que Maman allait et venait sans cesse entre la cuisine et la table de jardin, elle remuait des grandes cuillères en bois dans des pommes de terre à l'huile, elle portait des piles d'assiettes et des saladiers peints rapportés d'Italie – et nous, les deux petits diables en dehors de sa ligne de mire, nous jouions à chat dans un temps élastique. David courait derrière moi et riait d'un rire de maniaque, plus fort à chaque seconde volée à nos délais normaux, il m'attrapait en me serrant comme on a envie de serrer les chiots, il me plantait ses ongles – enfin, il était fou de joie. Et moi, je riais avec lui, je courais aussi, je disais « David, ne me mords pas », mais je m'en fichais qu'il me morde. Je n'avais pas peur de mon frère.

À l'arrivée des amis, Maman trinquait sous le tilleul et nous courions encore entre ses jambes très pâles à demi couvertes par sa jupe bleue et plissée, retenue à la taille par un long cordon argenté. Elle se tenait très droite, le menton un peu haut, la poitrine en avant comme le font ceux de la race des seigneurs. D'un geste aérien de la main, elle renversait à droite, à gauche, ses boucles couleur renard. Tout le monde la regardait beaucoup. C'étaient peut-être ces très grands yeux comme deux mouches mélancoliques qui aspiraient les autres et l'univers – David et moi avions hérité des mêmes et très petits déjà, tous les regards se harponnaient aux nôtres si nous passions par là. C'était peut-être ce sourire large aux grandes dents blanches qui arrondissait ses joues, lui donnait l'air d'une star américaine, ou tout ce visage inégal et imparfait qui rendait mal sur les photos mais qui, dans la vie, ne finissait jamais de donner à questionner par quelle magie d'alliages étranges il était tout de même beau. Maman avait des tas d'amis et elle s'en faisait constamment de nouveaux qui défilaient ici, qui riaient à ses blagues, écoutaient les histoires qu'elle racontait à grand renfort de mains et de sourcils en disant : et quand soudain, et patatras, et vous ne devinerez jamais. Je ne compris qu'adulte que beaucoup de ces récits n'étaient pas vrais. Papa la regardait toujours de loin, la cigarette tenue entre le pouce et l'index, avec ces paupières plissées que l'on réserve à une ombre furtive dont on ne sait pas très bien s'il s'agit d'un mouvement de la lumière ou d'un cafard. J'ai vu mon père mille fois la regarder comme ça, en lumière ou en cafard, avec sa cigarette et ses cheveux épais qui, année après année, se creusaient aux golfes qu'il grattait en lançant : ça avance, ça avance, lorsqu'un ami interchangeable lui demandait comment avançait son *projet.* Papa avait des tas de projets. Le plus durable fut celui de la commercialisation de boomerangs, qui l'occupa des années. Pendant notre maternelle, Papa n'avait plus parlé que de ça, de boomerangs. Il en fabriquait lui-même dans son atelier au rez-de-chaussée et David et moi l'espionnions depuis le jardin à travers les lames de la persienne, ses sourcils froncés derrière les lunettes-masques transparentes en polycarbonate, à murmurer de petites négociations à son patron de découpe sur le contreplaqué. Ça avance, ça avance, disait Papa devant les amis, et quand ils s'en allaient, Maman sifflait : tu aurais pu mentir mieux que ça.

Je me souviens d'une fois où nous courions entre ses jambes vers nos six ans et, tandis que je m'accrochais à son mollet pour prendre de l'élan, elle s'est accroupie devant moi et elle m'a saisie par la taille. Mais qui vois-je ? m'a-t-elle dit en souriant. Puis elle m'a embrassé la joue et a collé son front contre mon front en murmurant : ma jumelle, ma fille jumelle. Derrière, les amis de Paris attendris mâchaient, les yeux plissés d'émoi devant nous siamoises, front contre front au milieu des haies de genêts, et leur première parole, lorsque la bouchée était avalée, c'était qu'en effet on se ressemblait beaucoup, que j'étais ravissante comme elle. Il ne s'agissait de rien de plus que le tunnel usuel de regards et de sourires qui m'accompagnait chaque fois que je posais le pied quelque part. C'est-à-dire que moi, je suis née vedette. Je suis née vedette comme d'autres naissent droitiers. Dans la rue, dans la queue du cinéma, dans la foule d'un marché, il y en avait toujours un pour s'extasier. Les gens disaient : mais c'est une vraie poupée, celle-là, et moi, comme je suis née vedette, je savais réaliser en deux temps trois mouvements ma saynète de doux sourire, regard baissé, de mèche de cheveux placée derrière l'oreille, de joues rougissantes sur commande. J'étais une grande artiste. Bon, on y va ? chouinait David en tirant sur la robe de Maman qui, en réponse aux compliments, souriait comme moi en baissant le regard, replaçait comme moi une mèche de cheveux. C'est le vôtre aussi ? lui demandait-on parfois en montrant David du menton. Maman répondait d'un petit oui guttural qui ressemblait à une toux grasse. Pardon ? Maman s'éclaircissait la gorge et répétait : oui, c'est le mien aussi, et nous allions si bien ensemble, Maman et moi, que parfois je souhaitais qu'elle mente. Ce jour-là, dans le jardin au milieu des amis, Maman et moi allions mieux ensemble que jamais tandis qu'elle tentait de m'embrasser le nez en gardant les racines orange de nos cheveux collées. Elle tendait les lèvres sans l'atteindre, elle gloussait de sa grimace et je gloussais aussi, et à la place, nous frottions le bout de notre nez comme s'embrassent les Esquimaux – d'un coup, elle s'est arrêtée. Où est ton frère ? Ses deux yeux insectes à un centimètre des miens s'étaient ouverts très grands. David avait filé. J'ai regardé la grille et il n'y était pas, mais Maman fonçait déjà vers l'atelier du rez-de-chaussée – son amie y avait mis son bébé à la sieste.

Le bébé dormait à l'ombre des volets fermés et au milieu d'une forteresse d'oreillers si massifs qu'on ne pouvait pas se douter, en entrant dans la pièce, qu'un petit être y était abrité. On pouvait voir seulement le corps lourd de mon David étendu sur l'un des coussins bleus, la joue tout écrasée contre le lin et la bouche déformée par la joue – il y avait ce rayon qui giclait sur son œil, depuis la persienne, et qui le lui gommait. Lorsque Maman et moi sommes entrées, le bras de mon frère plongeait dans les profondeurs des oreillers. Il murmurait : mon bébé, mon petit bébé – ce bébé-là, il l'aimait comme un fou. Il était né un beau matin au milieu des amis, et, parce que Papa et Maman avaient été les premiers à nous avoir à même pas vingt-cinq ans, jamais encore ni mon frère ni moi n'avions vu de si près des doigts si minuscules, et cette ligne comme un bracelet entre le renflement du bras et celui du dos de la main. Quand pendant plusieurs semaines les amis de Paris ne venaient pas déjeuner,

David pleurait, il voulait voir le bébé. Maman s'énervait, elle disait que c'était bizarre, qu'il l'aimait trop.

Elle s'est faufilée entre les montagnes de boomerangs pour atteindre David. Elle lui a dit qu'il fallait laisser le bébé, maintenant, qu'elle lui avait déjà expliqué qu'elle ne voulait pas qu'il reste trop longtemps avec le bébé. David ne l'entendait pas. Il continuait à toucher le petit corps, son visage éborgné par le halo, il répétait : mon bébé, mon bébé. Allez, David. Elle a glissé la main dans les cheveux nouvellement domptés de mon frère. Pour ralentir la pousse, à cette époque-là, Maman plaquait les cheveux de David toutes les nuits à l'aide d'une dizaine de mes barrettes Minnie. On les devinait encore en vaguelettes fantômes à la lumière du jour. Tu viens avec moi, David ? David ne bougeait pas. Tu viens avec moi, mon chéri ? répétait-elle en caressant encore sur son crâne cette tôle ondulée de bidonvilles. Puis elle a ajouté : tu peux faire de la balançoire, si tu veux. D'ordinaire, Maman détestait que mon frère fasse de la balançoire, car lorsqu'on prenait de la hauteur, on apercevait la gare nichée au loin – et quand David voyait la gare, il ne parlait plus que de ça, il disait qu'il voulait voir la gare, et encore conduire le train comme quand il était petit. Toute l'affaire finissait invariablement dans les cris et les coups. Mais David n'a pas réagi. Il continuait à fixer l'enfant endormi et heureux qui n'avait jamais connu la haine. Alors dans le mouvement lent et dur de la pince en fer attrapant une peluche borgne dans une machine de fête foraine, Maman a saisi une poignée de ses mèches noires. De force, elle a tourné le visage de David vers elle. Tu viens avec moi, David.

Ce jour-là, David et moi nous sommes balancés toute l'après-midi. L'un près de l'autre, à distance de ces adultes saouls et hilares qui disaient des enfants qu'ils manquaient de sérieux, c'était pour toujours que l'on se balançait, tout en haut de ce monde qui nous appartenait. David disait que sous ses pieds dans le vide, il en voyait dix, des gares, cent gares même, et des milliers de trains, un circuit en serpentin, une machine à faire des glaces. Moi, c'était souvent une plaine que je m'imaginais. C'était au mieux une steppe aux herbacées brunâtres mâchées par des bisons, ou plus rarement la mer – en tout cas, une étendue sans arbres, puisqu'il n'y avait pas de tilleul dans ce royaume qu'on dominait ni d'ombres sur mon frère.

7

Moi, mon frère, j'ai toujours adoré l'écouter. Aujourd'hui encore, dans mon grand lit d'adulte, j'imagine un David minuscule du début des années 2000 sous la cabane de mes couvertures, ses yeux en toupies déchaînées qui me fixent : hé, Olive, devine quoi ? Ma voix de femme qui répond : quoi ? me fait chaque fois sursauter. Je me dépêche de tourner le dos à mon fantôme et de vite m'endormir. Mon frère David a très tôt provoqué en moi cette confusion des limites de ma folie. Tous les soirs, avant que l'on s'endorme, je le laissais verser entre mes lèvres sa potion d'histoires. Il me racontait que lui, un jour, il deviendrait vraiment un train, à temps plein sur les rails, et il me décrivait ce que ça faisait, d'être un train, la vitesse sur la ligne droite, la sensation des volts qui lui grésillent à l'intérieur, et le fin fond du monde aux bras grands ouverts. Ah oui ? je disais, pour l'encourager à me traîner plus loin de sémaphore en sémaphore. Il savait tout des trains, locomotives à vapeur, trains électriques, métros et Transiliens et même trains qui volent. Les trains qui volent étaient les plus heureux selon ses estimations scientifiques. D'ailleurs, ce n'était pas très difficile de voler. Une nuit d'été de nos six ans, tout englouti par ce tilleul qui lui barrait la peau depuis la fenêtre ouverte, il m'avait annoncé qu'il m'apprendrait, que j'étais prête à savoir. Nous monterions tout en haut de l'escalier extérieur qui reliait le rez-de-chaussée à l'étage des chambres, et là, il me montrerait comment utiliser mes ailes – car je volerais à la manière d'un oiseau et non d'un train, comme lui, puisque mes cheveux avaient une couleur pareille au plumage de la grive fauve dans notre livre sur les soixante-dix espèces d'oiseaux à découvrir en images. Quand Maman ne sera pas là, on sautera du haut de l'escalier, d'accord, Olive ? On sautera, puis on volera tous les deux. Je demandais : mais on va pas se faire mal ? Mais non, on se fera pas mal, soupirait-il en vieux routier. C'est facile de voler. Quand Maman ne sera pas là, je te montrerai comment faire, tu verras. Tu sauteras avec moi, hein, Olive ? Quand je te dirai : saute, il faudra sauter. Tu sauteras avec moi, hein ? Plusieurs nuits d'affilée, il m'avait décrit comment nous volerions l'un près de l'autre partout où il y aurait du ciel, lui train et moi grive. De temps en temps, il se reposerait sur les rails, et je sifflerais mes chants d'oiseau à sa fenêtre. Je sentais entre ses mots l'air froid sur mes grandes ailes. Souvent hélas, mon frère devait interrompre son récit quand l'ombre des pieds de Maman venait colmater la ligne de lumière sous notre porte. Nous entendions son souffle retenu. Alors nous retenions le nôtre dans le silence jusqu'à ce qu'elle s'en aille. Quand elle partait, que le couloir était éteint, David dormait déjà. Mais moi, mes yeux étaient grands ouverts sur le plafond noir. J'étais tout entière grive au-dessus de la ville, impatiente maintenant de sauter dans le vide et stupéfaite que personne, avant mon frère, n'ait eu l'idée pourtant simple de se déplacer en volant. Je m'endormais avec le picotement des ailes poussant entre mes omoplates.

Mais avec ce vent, on pourra pas bien voler, Olive. Comment on va faire, le jour où on voudra voler ? David s'agaçait du vent chaque automne, le nez collé à la fenêtre de la salle à manger devant la fugue des feuilles jaunes de notre tilleul. Et j'oubliais comme lui que l'automne finirait, que le printemps viendrait. Je l'écoutais la bouche ouverte me dire : bon, viens, Olive. Viens, on va aller dehors, on va jeter des couteaux sur le vent pour l'arrêter. J'aurais alors lancé tous les sabres du monde pour qu'on arrête d'empêcher mon frère. J'allais parler de la petite hache à viande qui serait très efficace pour ôter l'envie au vent de nous faire barrage quand Maman est entrée. Qu'est-ce que tu dis, David ? Nous nous sommes tus sur-le-champ. Nous avons haussé les épaules, marmonné : rien, collé à nouveau notre nez contre la vitre. Maman entendait tout. Elle entendait nos chuchotements à leurs prémices même depuis le jardin, ses oreilles étaient partout – et pourtant à la Nuit, elle est toujours restée sourde. Elle n'a jamais entendu les séances de planification de David, ne les a jamais interrompues, alors qu'il m'en parlait chaque soir. C'était bien que rien ne pouvait entraver la course tenace de notre drame. Olive, dis-moi ce qu'il t'a dit, répétait Maman, et moi, à la fenêtre de la salle à manger, je répondais encore : rien. Olive ? Tu es sûre ? Je finissais par tourner la tête dans sa direction, et bredouillais en fixant ses chaussures : il dit qu'il y a beaucoup de vent. Hé ! s'écriait mon frère. Maman me remerciait. Tu fais tout le temps ça, Olive, lançait David une fois notre mère partie. Tu le fais tout le temps. Il avait raison – quand Maman demandait, je flanchais. J'avouais, je rapportais – pas tout, cependant. Je lui disais ça, à mon frère, je disais : pas tout. J'ai pas tout dit. Il haussait les épaules. Oui, mais tu le fais tout le temps. Et son air contrit remplaçait aussitôt la joie et la fierté d'avoir été irréprochable dans les yeux de ma mère. Ce numéro d'équilibriste entre elle et lui causerait ma perte.

David regardait à nouveau par la fenêtre. Je contemplais avec lui le vent cruel souffler dans le jardin, charriant peut-être avec les feuilles une vérité absolue et radicale que mes parents et moi étions trop raisonnables pour percer, ou peut-être trop fous.

8

Qu'il était fou, Maman le marmonnait tout le temps en ramassant les débris d'un vase jeté par la fenêtre, en le voyant se cogner la tête contre le tronc du tilleul ou en découvrant avec effroi mes cheveux raccourcis par ses coups de ciseaux pendant la nuit. Je n'y prêtais en général pas plus d'attention qu'au coassement régulier des crapauds lorsque nous marchions jusqu'à la rivière; c'était un fond sonore sans sens et sans effet. Elle parlait et moi, je retournais à mon David, à son visage encore rouge et gonflé, et comme si la terre, un instant plus tôt, ne s'était pas fissurée par ses cris, nous reprenions un jeu où nous l'avions laissé.

Il fallut bien qu'un jour j'entende ma mère. C'était pour nos sept ans. Maman aimait les grandes fêtes et pour célébrer notre anniversaire et la fin de notre première année de primaire, elle a organisé précisément cela, une grande fête. J'ai distribué seule les invitations en relief décorées de couronnes – David avait refusé de le faire. Chaque fois qu'il me voyait en tendre une, il criait « Ah ! » en plaquant les paumes sur ses yeux comme si je l'avais aspergé d'eau de javel. Il n'en voulait pas, du thème chevalier et princesse. Lui, il disait qu'il voulait un anniversaire-train, où tout le monde serait un train, où la maison serait une gare. Maman levait les yeux au ciel. Pendant des semaines, au son de ses cris, elle allait et venait l'air affolé. Elle aboyait au téléphone à propos du devis d'un magicien, elle déchargeait du coffre de la voiture un monumental cheval à bascule, elle testait vingt recettes de gâteaux en forme de châteaux forts, des livres de cuisine grands ouverts sur le plan de travail et de la farine jusque sur les sourcils. Elle me faisait feuilleter des catalogues de robes de princesse devant lesquels je hochais docilement la tête, sans toutefois opposer trop de résistance à mon frère qui venait en arracher les pages en hurlant. Un soir, elle a découpé des épées dans des morceaux de carton dans un état de manie tel qu'elle a oublié de nous faire dîner.

David me racontait qu'à notre anniversaire-train il serait un Transrapid à sustentation magnétique comme en Allemagne ; le jour de nos sept ans, hélas, il était Perceval, engoncé dans une cagoule argentée en polyester. Autour de nous dans le jardin, Papa déroulait une rallonge depuis la maison pour y brancher la sono et Maman tendait, perchée sur un escabeau, une tenture en velours bleu nuit sur le muret de lierre. Mamie plaçait sur la table des bols de fraises Tagada et des carafes de citronnade. Mamie était la mère de Maman – tous les jours, son trousseau de clefs à pompon rose tintait derrière la porte et elle apparaissait comme par enchantement, l'air radieux et les bras grands ouverts, toujours coiffée d'un chapeau pour camoufler ses cheveux largement clairsemés par endroits. Et tous les jours, nous nous jetions sur elle comme après un long voyage. Papa riait à chaque fois : mais enfin, vous l'avez vue hier.

C'est pour quoi les chaises, Olive ? m'a demandé David d'une voix traînante, en pointant son épée vers le côté chevaliers et la douzaine de chaises enrubannées et disposées en cercle. Côté princesses, les buissons étaient décorés de guirlandes et de pétales de rose. Maman nous avait répété vingt fois le programme, c'est-à-dire la maquilleuse pour les filles et, au même moment, les chaises musicales pour les garçons, mais David oubliait tant et si bien que j'ai dû le dire encore : moi et mes copines, on se fera maquiller et toi, tu feras les chaises musicales avec tes invités. David m'a écoutée cette fois d'un air grave. La cagoule de chevalier était un peu serrée pour son visage charnu, l'élastique s'enfonçait dans ses joues tandis qu'il articulait, la voix étranglée : j'aurai des invités ? J'ai répondu oui, David, tu te souviens, j'ai distribué les invitations. Il a regardé quelques longues secondes vers le ciel. Puis, avec le reste de force que son costume n'avait pas encore écrasé en lui, il s'est dirigé sans un mot vers le cercle de chaises. Je l'ai vu s'installer et me faire un grand signe de la main : Olive, a-t-il crié. Olive, j'attends mes invités.

Un instant, David était là, à attendre sur sa chaise, et moi contre le tilleul ; l'instant d'après, toute notre classe courait dans le jardin. Les garçons ont récupéré des épées en carton et se sont élancés vers l'espace chevaliers pour se battre ou enfourcher le cheval à bascule. Mais David ne bougeait pas. Il restait assis sans tout à fait les voir. De mon côté du jardin, les filles se sont mises en file indienne devant la maquilleuse mais moi, je m'inquiétais pour mon frère chevalier, car Maman avait annoncé le début de leur jeu et si tous les garçons maintenant étaient placés en cercle autour des chaises, David ne s'était pas levé. Debout, a dit Maman, ça commence. Elle a lancé la musique. Les garçons se sont mis à tourner quelques secondes, avant de s'arrêter, perplexes, puisque David n'avait pas quitté la chaise. Il faut que tu te lèves, mon chéri, a lancé Maman par-dessus la musique, il faut que tu te lèves et que tu tournes autour des chaises pour commencer le jeu. Mon frère a fait non de la tête. Il a crié : j'attends mes invités. Maman n'avait pas l'air très sûre d'avoir bien entendu. Elle a levé énergiquement une paume ouverte pour lui ordonner de bouger, son autre main grippée au bouton volume de la sono.

Autour de mon frère, il y a eu une série de trémoussements et de dandinements d'impatience, bientôt transformés en parties de bras de fer chinois ou de pierre-feuille-ciseaux. Il s'en est fallu de peu pour que reprennent comme s'ils n'avaient jamais cessé les vigoureux combats d'épée qui emportaient les garçons vers la terrasse, le tilleul, ou notre file indienne côté princesses. Ma mère s'est avancée vers mon frère vissé sur sa chaise. Depuis le petit trône sur lequel je me faisais maquiller, j'ai vu sa longue silhouette blanche dans la robe en coton se poster devant lui et vibrer doucement de la rafale de ses remontrances, la contraction de sa mâchoire pleine de taches de rousseur et dégagée par son chignon – elle parlait en serrant les dents. Ferme les yeux, m'a dit la maquilleuse pour appliquer du fard. Je les ai rouverts sur les doigts de Maman agrippés à l'avant-bras de mon frère. Elle tirait, elle secouait. Lui résistait, comme toujours depuis sa naissance.

Maman a tiré plus fort et David a rugi, si bien que d'autres têtes que la mienne se sont tournées vers le duel. Dans un sursaut, elle a regardé autour. Elle s'est redressée, elle a lissé le tissu blanc de sa robe en fixant mon frère, et il la fixait aussi. Puis la maquilleuse m'a dit : et voilà – je me suis précipitée vers eux. Tu fais quoi, David ? j'ai dit un peu essoufflée. Bah, j'attends mes invités, a-t-il répondu en me regardant comme si j'avais perdu la tête. Mais ils sont là, tes invités, bon sang, ils sont là, devant tes yeux, a fait Maman. Tu vas te lever, oui ? Ils sont là, tes invités. David a grogné. C'est alors qu'il m'a demandé : tu peux lui dire, Olive ? Lui dire quoi, j'ai répondu. Bah, que j'attends mes invités. Ils doivent venir s'asseoir avec moi, parce qu'ils sont mes invités. Il me fixait de ses deux grands yeux noirs, presque entièrement pupilles. Il serrait plus fort son assise, il se tortillait comme pour s'y enfoncer. J'ai compris à ce moment-là, moi qui comprenais tout de lui. Je me suis demandé quelle faille de ma raison avait bien pu me pousser à venir l'importuner dans son attente très rationnelle. C'était évident : il attendait ses invités. Je l'ai alors dit à Maman, j'ai dit : en fait, il attend ses invités. Elle s'est raidie d'un coup. Elle a tourné lentement le visage vers moi. Puis elle m'a observée un moment, de la façon dont on regarde quelqu'un qu'on croit avoir connu. Elle plissait ses paupières aux cils translucides, elle entrouvrait la bouche – même ahurie comme ça, elle était belle. J'ai été envahie d'une honte telle que mes jambes peinaient à tenir, comme si, devant un être débraillé qui disait parler aux esprits, j'avais avoué que je les voyais aussi.

David n'a pas soufflé ses bougies et j'ai ouvert seule les cadeaux assise à la table du jardin. Hé, David, t'as reçu un puzzle, je lançais au loin, en agitant la boîte dans le papier cadeau à demi arraché. D'accord, Olive, répondait-il. J'attends mes invités. Mamie nous a offert deux vélos flambant neufs sans les petites roues, mais il n'a pas cillé. J'ai vu la bouche de ma grand-mère esquisser une grimace sous son fédora : il n'est pas très bien éduqué, ton fils. Et puis à dix-sept heures, les parents ont commencé à récupérer les enfants qui s'en allaient chacun avec une pochette surprise. Quand David s'en est aperçu, il s'est mis à crier : non, mes invités, il faut rester, il faut rester, je vous attends. Les parents ne comprenaient pas très bien, ils lui adressaient des sourires, ils se dirigeaient vers la sortie avec leur gamin sous le bras. Alors le diable David sortit épouvantable. Mon frère s'est levé et il a renversé d'un coup de pied le cheval à bascule. Il a déchiré chacune des épées en carton. À la force de ses ongles minuscules, il a ensuite arraché la tenture en velours du muret. Les parents près de la grille lui jetaient des regards inquiets, et Maman s'est figée, une pochette surprise en lévitation à la main. David a saisi une chaise et il a foncé vers les corps stupéfaits en poussant des cris de bête. Pour échapper à l'enfant-bélier, tous les invités ont quitté la maison en panique. À partir de l'année suivante, nous avons pris l'habitude de fêter notre anniversaire entre nous, à l'Aquapark de la commune.

9

Quand j'aurai un ami, me disait parfois David sur le chemin de l'école, quand j'aurai un ami, je l'emmènerai dans mon wagon et on roulera ensemble jusqu'en Espagne. Quand j'aurai un ami, on mettra des rails sur la mer et on roulera sur la mer, et on se tapera dans la main au-dessus de la mer, tape cinq, mon ami, oui, tape cinq, David – David imitait les deux voix. Ce sera mon ami, pas le tien, Olive. Ce sera mon ami à moi, d'accord ? Je répondais que ça n'existait pas, des trains qui roulent sur la mer, et il me jurait que si, il l'avait vu à la télé. Qu'est-ce que vous dites ? demandait Maman qui descendait près de nous l'allée qui menait au Loing. Olive, tu peux me traduire ce que vous dites ? C'est que près d'elle, mon frère et moi parlions surtout en langue Barbapapa, et elle ne savait pas la comprendre. Notre langue secrète contenait pourtant tous les mots du monde. Par son existence même, elle a mis au jour pour le restant de ma vie les insuffisances de toutes les autres. Si j'avais pu raconter l'histoire de notre Nuit en langue Barbapapa, si vous la parliez, alors je n'aurais pas eu à m'embarrasser de ces souvenirs qui me brisent le cœur. Il aurait suffi d'un souffle de notre langue. Nous avions commencé à l'élaborer au CP, alors que notre disque *Les Meilleures Chansons de la famille Barbapapa* passait dans la voiture. En regardant les hêtres défiler par la vitre, David a répété machinalement la formule magique des personnages qu'on entendait au générique : hulahup, barbatruc. Et moi, près de lui sur la banquette arrière, j'ai répété : hulahup, barbatruc. Il s'est tourné vers moi les yeux pleins de malice, et il a redit la formule en pouffant. Toute l'après-midi, nous avons répété : hulahup, barbatruc, en jouant aux billes, en faisant nos devoirs, en chantant, et puis avec le temps nous avons étoffé l'expression d'autres onomatopées librement inspirées, et soudain, nous ne nous sommes mis à parler que comme ça, en syllabes inventées. C'était notre vraie langue. Certains mots avaient fini par se fixer dans notre vocabulaire, d'autres signifiaient plusieurs choses à la fois, et pour des tas d'idées, nous n'avions aucun mot, alors nous remplissions les creux par de vagues phonèmes. Nous nous comprenions tout de même, puisque ce que nous étions parlait plus fort que nous. Car nous avions une langue, mais je crois surtout que c'est mon frère qui était une langue et c'était la mienne.

Nous étions libres de nous raconter toutes sortes d'histoires de leçons de vol, de trains qui roulent sur la mer – ça rendait Maman folle. Parfois, elle s'arrêtait en chemin, au beau milieu du petit pont de pierre qui enlaçait le Loing. Elle saisissait l'anse du cartable de mon frère et elle la secouait. Qu'est-ce que tu as dit à ta sœur ? David regardait ses chaussures. Sur son front contracté, je voyais battre une veine. En miroir sur celui de ma mère se dessinait la même. Qu'est-ce que tu as dit à ma fille, espèce de fou ? De David, Maman aimait répéter que s'il criait à faire trembler les murs, c'était sans doute pour les détruire. Elle le gardait à l'œil pour ça. N'avait-elle jamais envisagé qu'il désirait seulement y traiter la mérule ? Elle attrapait la chair de son bras potelé avec une férocité telle que mon frère en garderait la marque rose jusqu'à l'après-midi. Mais David ne cédait pas. Il finissait par rugir si fort que Maman le lâchait pour s'éviter une scène devant les passants. Là-haut, les murs de notre maison avaient peut-être tremblé. Comme dans sa prophétie, ils s'étaient peut-être effondrés. Cette idée m'emplissait malgré moi d'une sorte de joie barbare.

Arrivés à l'école, dans le grand tapage de la récréation, nous fabriquions nos lois et nous les respections. Il n'y a pas plus ministre qu'un enfant de primaire. Il me paraissait insensé que les adultes s'agacent de notre indocilité dans la cour quand chacune de nos actions, dès lors que nous y posions la pointe de nos baskets à scratch, répondait par la plus stricte obéissance à des rituels immuables. David et moi, par exemple, ne pouvions pas jouer ensemble : la loi était irréversible. Je ne sais plus si, le jour de notre arrivée ici, nous en avions simplement pris connaissance ou si c'est la connaissance qui nous avait pris. En tout cas, on l'avait su tout de suite : les garçons et les filles ne se mélangeaient pas. Eux couraient et se battaient au centre tandis que nous autres gigotions à la périphérie. Je jouais donc à la marelle devant l'infirmerie, sous les regards d'une demi-douzaine de copines, toutes coiffées d'une natte en épi depuis le jour où, parce qu'elle soupçonnait David d'avoir des poux dans sa tignasse de malheur, Maman m'avait tressé les cheveux jour et nuit pendant une semaine. Chacune se disputait la place de dauphine que je libérais tous les deux jours environ – ma meilleure amie Camille, dont j'étais la cheffe, était remplacée en un saut de marelle par une autre Camille à asservir. Pendant ce temps, David était assis seul sur son banc près de la cantine. Il regardait le remue-ménage de la cour le menton rentré, un collier de graisse juste sous la mâchoire, les épaules crispées, et les jambes qui battaient toutes nerveuses en frôlant le goudron, peut-être prenant un élan imaginaire pour la partie de foot devant ses yeux à laquelle il n'était pas convié, car le foot, c'était pour les vrais garçons et David, au nom de la loi, n'en était pas un. Je le voyais sur son banc, la tête se redressant parfois pour me chercher dans le grabuge, les yeux qui flottaient seuls et en détresse derrière les bermudas et les genoux pansés au Mercurochrome, et qui d'un coup me remarquaient. Je détournais la tête et sautais à pieds joints sur le ciel dessiné à la craie.

10

S'il faisait beau, nous allions nager dans le Loing, juste sous le pont de Grez – c'est peut-être là-bas que les choses ont commencé à dégénérer. Ou alors, rien n'a jamais dégénéré. Peut-être que c'est ça, le fond de cette histoire : rien pour mon frère n'a jamais dégénéré ; tout n'a fait que continuer à se générer. Aujourd'hui, j'imagine encore David, si nous pouvions parler, me dire ça de sa voix d'adulte. Rien n'a jamais dégénéré, Olive. Il aurait une barbe, peut-être des lunettes. Rien n'a jamais dégénéré, tout a toujours été là pour celui qui voulait bien écouter. En tout cas, à Grez, David voguait pendant des heures entre les arches en pierre et les roseaux qui bordaient le fleuve, et quand il sautait du pont, c'était encore et encore, comme si aucun saut ne pouvait épuiser le suivant. Le soleil se couchait, les autres enfants avaient froid et sortaient peu à peu, mais David continuait à sauter, à battre des mains en envoyant des gouttes jusque dans mes yeux. Nous nous défiions à l'apnée, nous ouvrions nos yeux rouges sous l'eau. Nous regardions flotter en éventail nos cheveux de cadavres.

Ce jour-là, Maman était assise en sirène sur la nappe de pique-nique, ses jambes blanches repliées contre la bordure surpiquée de son une-pièce bleu marine. Elle avait dans le cou et le dos une sorte de sévérité gracieuse qui la maintenait toujours très droite – j'ai longtemps attribué sa tension permanente aux années de danse classique de sa jeunesse. À l'ombre des grands noyers et sur l'herbe fraîche, elle découpait lentement, avec l'Opinel de Papa, de nouvelles tranches de pastèque tandis que nous mangions les premières avec ardeur, impatients de nous baigner. De temps en temps, Maman s'interrompait. Elle inspectait ses ongles salis de jus et de chair rouge, et elle sifflait : de la pastèque, je rêve. Tant bien que mal, Mamie tartinait de crème solaire les mollets de David – les cris des enfants déjà dans l'eau le faisaient remuer –, et Papa était allongé à côté, un chapeau de paille sur le visage, les bras croisés sur la poitrine. Plus tôt, Maman l'avait envoyé de force au marché nous trouver un pique-nique, alors qu'il ne voulait pas venir. Où qu'on aille, Papa ne voulait jamais venir. Il devait travailler sur ses projets. À cette époque-là, il avait transformé l'atelier de boomerangs en local à vélos couchés. David et moi ne savions pas exactement comment fonctionnait un vélo couché. Nous savions seulement que c'était Mamie qui avait l'argent qui pouvait tout changer, et si elle se décidait enfin à le lui donner, alors la terre entière se déplacerait allongée – il n'y aurait plus de voitures, on traverserait des pays sans douleur et sans fatigue. C'était ce qu'il lui expliquait encore avant notre départ pendant que Maman terminait les sacs à l'étage. Il brandissait au nez de notre grand-mère des feuilles noircies de schémas et de calculs, disait des mots comme *investissement* et *gagnant-gagnant.* Mamie acquiesçait distraitement en manipulant les lettres laissées sur le buffet de l'entrée. De notre courrier familial, elle aimait bien lire les en-têtes, retourner les cartes postales. Quand Maman la surprenait, elle reposait les lettres et regardait ailleurs. Papa continuait à déblatérer ses histoires de chiffre d'affaires et de rendement. De toute façon, il avait beaucoup trop de travail, il n'avait pas le temps pour un pique-nique. Il était monté l'annoncer solennellement à Maman : j'ai pas le temps pour un pique-nique. À notre arrivée à la rivière, il le grommelait encore.

En déballant les courses sur la nappe en lin brodée qu'elle avait étendue parfaitement d'un mouvement unique des poignets, Maman avait porté la main à sa bouche. J'arrive pas à y croire. Elle avait fermé les yeux, baissé le menton et pincé la racine de son nez. De la pastèque, j'arrive pas à y croire. Papa s'était mis à balbutier les promesses pathétiques du maraîcher, il m'a dit qu'elle était excellente en cette saison, je pensais que, je croyais que. Il ne finissait pas ses phrases, ce qui importait peu puisque la tirade de Maman démarrait déjà – un fruit aussi énorme, comment on va finir un truc pareil, et tu as prévu quoi pour ne pas tacher la nappe, et tu voulais la couper comment, avec ton Opinel de huit centimètres ? Papa avait déjà sorti le couteau ridicule de sa poche. Laisse-moi faire, avait dit Maman quand Papa avait voulu couper le fruit. On peut vraiment rien te demander. Il était allé s'allonger et David et moi sucions maintenant les écorces juteuses loin de la jolie nappe pendant que Maman découpait d'autres tranches entre deux regards levés au ciel et un concert de soupirs.

Ce jour-là, David a décrété qu'il ne savait plus nager. La semaine d'avant, il savait, mais aujourd'hui, il ne savait plus. Ça lui arrivait parfois, et alors, il me regardait nager assis sur la berge, les genoux enlacés. Je sais plus nager, a-t-il dit paralysé devant la rivière tandis que j'entrais peu à peu dans l'eau froide. Il y avait toutes ces choses que mon frère ne savait pas faire, comme lire l'heure, distinguer sa droite de sa gauche, faire du vélo, et même lorsqu'il savait, comme pour la nage, il ne savait qu'une fois sur deux comme si les gestes, au lieu de s'imprimer dans sa chair, glissaient sur elle. Deux heures plus tôt, assis sur le banc dans l'entrée sous le portemanteau, il avait oublié comment on fermait des Méduse. Moi, j'avais déjà enfilé les miennes, qui étaient à paillettes, mais lui, il ne savait plus comment passer la bride dans la boucle. Il s'était immobilisé devant ses pieds nus qui flottaient par-dessus les sandales en plastique bleu sur le tapis, comme il s'immobilisait désormais devant ses orteils chaussés de plastique qui recevaient l'eau au milieu des joncs mouillés. Je sais plus nager, Olive, a répété David, et je l'ai vu se retourner et courir vers la nappe où Maman lisait son *Marie Claire*. Maman a baissé le magazine. Après un temps de négociation, elle s'est redressée et elle a dirigé une main douce vers la joue de mon frère. Ce jour-là, Maman s'est levée et elle a tenu la main de David pour l'emmener dans l'eau. Elle lui a fait tremper franchement un pied puis l'autre dans le Loing, centimètre par centimètre. Toutes les trente secondes, David voulait revenir en arrière et Maman reculait avec lui. Ils s'asseyaient ensemble au bord de l'eau le temps qu'il soit prêt. Maman est allée chercher sur la nappe de pique-nique le reste de pastèque enrobé d'aluminium. Elle est revenue avec le fruit et le couteau de poche, et elle découpait des morceaux pour mon frère qu'elle lui tendait un à un ; il les mâchait lentement en fixant l'eau. Ça va te donner de la force, tu verras, elle disait, avec un sourire qui retroussait ses lèvres épaisses et toujours roses. Elle lui embrassait le front. Mon frère se levait ensuite, réessayait, puis reculait à nouveau et retournait sur la berge pour manger de la pastèque assis près de Maman – puis il se levait encore. Maman parvenait à le faire avancer dans l'eau chaque fois un peu plus, jusqu'à ce que soudain il se retrouve immergé tout entier. Et David s'est rappelé comment on nageait.

Là ont commencé nos sauts habituels, nos splashs, nos compétitions d'apnée. Je me souviens des lents mouvements de brasse de notre mère, impassible devant nos cabrioles, de ses cheveux orange plaqués en arrière, de ses yeux plissés tandis qu'elle s'approchait pour nous saisir, nous embrasser. Nous nous sommes agrippés tout essoufflés à ce corps robuste qui avait pied. J'entourais de mes jambes un côté de sa taille et David s'accrochait à l'autre. Maman maintenait nos cuisses avec ses paumes. Elle s'est mise alors à tourner. Il y avait ça, son grand visage tacheté fixe dans le mouvement, les trous noirs de ses yeux sans cils, l'odeur de la vase et de l'herbe fraîche, l'eau qu'on fendait avec nos ventres et sa voix qui chantait chaque fois la même mélodie – une chanson en anglais sur une maman qui était bleue. J'ai ricané : mais Maman, ça n'existe pas, une maman qui est bleue, et David m'a donné un coup de tibia sous l'eau – chut, Olive. Son air sévère m'a fait taire, et j'écoutais à nouveau la chanson. Quand Maman s'arrêtait, il disait : encore. Moi, pour lui, j'aurais recommencé à chanter s'il m'avait dit : encore. J'aurais toute la vie tout recommencé pour David. Mais Maman avait cette manie de ne pas chanter toute la vie. Elle nous a embrassés l'un après l'autre, elle a dit : allez, c'est fini. J'ai desserré mon étreinte, je suis allée nager plus loin, mais pas David – il insistait, il disait : chante encore, Maman, chante encore – peut-être qu'une maman bleue aurait chanté encore. Puis il a dit : on joue, Maman ? On joue aux grands navigateurs ? On joue aux pirates ? Maman tentait de sortir de l'eau avec mon frère accroché à son cou, qui suppliait, qui lui attrapait le visage, le pressait du plat de ses mains. On joue, Maman ? Arrivée devant la berge, elle ne pouvait pas se lever avec mon frère qui lui grimpait dessus en disant : allez, Maman, on disait que j'étais un pirate, on disait que t'étais un marchand. Elle tendait le cou, tentait de se dégager. Après un temps, elle l'a repoussé franchement et mon frère a bu la tasse. De là où j'étais, j'ai tout vu : Maman qui s'asseyait sur la berge pour examiner une éraflure sur son genou, et mon frère. Tout est allé très vite. David a empoigné le couteau qui traînait dans l'herbe près des écorces de pastèque. Il s'est jeté sur Maman en visant son visage avec la lame. Il criait : à l'attaque de pirates ! Maman a sursauté, elle s'est levée en panique ; dans l'enchaînement, la lame avait touché son coude et elle saignait un peu.

Tu le vois bien, qu'il y a un problème. Tu le vois bien. Nous entendions Maman murmurer ça à Papa à l'ombre d'un hêtre tandis que sa mère lui collait un pansement sur le coude. Nous, nous étions tête contre tête, enveloppés dans une serviette sur la nappe de pique-nique – devant, sur la berge, l'Opinel chatoyait entre les herbes hautes. Maman ajoutait qu'il fallait : faire quelque chose, que ça devenait : dangereux. Moi, je ne comprenais pas bien ce qu'il pouvait bien y avoir de dangereux chez mon David pirate qui ne savait même pas fermer lui-même ses Méduse, et qui, en reniflant, séchait ses larmes au creux de mon cou.

11

Nous avons toujours entendu Maman parler du psychiatre. Après les crises de David, nous saisissions des bribes de ses lamentations dans la chambre avec Papa, parmi lesquelles cette phrase qu'elle ruminait parfois : si ça continue, je vais l'emmener voir un psychiatre. Il y avait eu ces quelques fois où nous jouions dans le jardin, par exemple à être des chasseurs tapis dans l'ombre. Cachés derrière un buisson, des jumelles invisibles sur mon nez et un fusil imaginaire entre les mains de David, nous tendions l'oreille pour guetter les girafes et les tigres. Mais plutôt que les respirations ronflantes de nos cibles mammifères nous parvenaient les conversations sérieuses des adultes en fin de déjeuner. Je te dis qu'il a un problème. Il est violent, il est irrationnel. Il est en retard sur tout. Je te dis qu'il a un problème. Près de moi, David pointait son fusil vers la table de jardin. Pan-pan, murmurait-il en visant le cœur de notre mère. Arrête, David, je disais. Si ça continue, je vais l'emmener voir un psychiatre, assenait Maman. Il y a forcément une cause. Il y a forcément un traitement. Alors puisque cela avait continué, et que

David avait voulu la poignarder à Grez, mon frère et moi avons reçu l'annonce de son rendez-vous chez une psychiatre avec la même surprise tranquille que devant le vieux prototype de boomerang que nous lancions depuis l'escalier extérieur et qui, après avoir un instant disparu entre les frondaisons, nous revenait.

Maman et David sont partis un mercredi après-midi, peu après mon cours de danse et son cours de judo. Ni lui ni moi n'aimions l'idée d'être séparés deux heures – déjà, l'histoire des activités extrascolaires l'un sans l'autre avait été très dure à avaler. Deux ans plus tôt, Maman nous avait annoncé que, dans le centre multisports de la grande ville, seule l'escalade accueillait ensemble les filles et les garçons – et il ne manquait plus que ça, aider David à escalader. Elle nous avait raconté avec de grands gestes que dans ce club immense qu'on adorerait, avec tous ces terrains et ces balles et ces cerceaux et ces animateurs gentils, l'espace danse et l'espace judo se trouvaient par chance à côté l'un de l'autre et qu'il y aurait à peine un mur entre nos salles – nous, nous l'écoutions effarés, puisqu'il y aurait un mur entre nos salles. Depuis deux ans, au club, David se faufilait en dehors de sa classe pour rejoindre la mienne. Chaque mercredi, il se postait derrière la vitre qui donnait sur mon cours, il y plaquait la main comme pour me toucher, et moi, pendant un plié à la barre, en regardant distraitement vers le côté de la salle, je le voyais. C'est David qui a fait de moi une bonne danseuse. Parce que je savais qu'il viendrait me regarder, sa main sur la vitre, je me suis appliquée toute mon enfance dans chacun de mes ports de bras – et même longtemps après la Nuit, les fouettés, j'ai continué à les faire pour lui. Le sensei de la salle d'à côté venait chaque fois le tirer par la taille pour le ramener, mais David revenait. Il revenait toujours. Sur la vitre de sa psychiatre, j'aurais voulu moi aussi poser la main et revenir toujours. Bon, j'ai pas le temps pour vos caprices, là, s'écriait Maman sur le trottoir de la maison en attrapant David par les hanches tandis qu'il s'accrochait à mon cou pour ne pas entrer sans moi dans le monospace. Elle disait que c'était un rendez-vous important, qu'il faudrait être à l'heure. On allait enfin comprendre ce qu'avait mon frère. La psychiatre allait lui trouver un médicament. Quelques minutes plus tard, j'ai vu disparaître la voiture dans le sombre des hêtres qui escortaient mon frère vers la guérison du diable en lui.

Pendant deux heures ensuite, allongée sur le canapé, j'ai attendu les yeux rivés sur ma Flik Flak. J'écoutais le cliquetis des aiguilles à tricot de ma grand-mère coiffée ce jour-là d'un béret, et interrompue toutes les deux minutes par la voix de Papa en pleine révolution mondiale dans le local à vélos couchés. Et mon classeur jaune ? criait-il, et Mamie répondait : deuxième tiroir. En l'absence de notre père, elle s'était mis en tête de ranger l'endroit et de mettre de l'ordre dans ses papiers. Il était rentré de son jogging et avait découvert abasourdi la pièce réagencée, plus claire, plus spacieuse ; il avait bafouillé un merci. Et mes échantillons ? lançait-il encore. Près de moi, Mamie posait sa maille, se levait du fauteuil, allait lui montrer, revenait, se rasseyait, se levait de nouveau, et au milieu de cette agitation, le temps sur ma montre demeurait immobile. Je me suis endormie en rêvant aux pilules et aux sirops qui soigneraient les chagrins de mon frère. Je me suis réveillée avec son visage rond et large juste au-dessus du mien qui me tirait la langue. Alors ? a fait la voix de Mamie derrière lui, et Maman a répondu : rien d'alarmant.

12

C'étaient les mots de la psychiatre : il n'y avait rien d'alarmant. Chez mon frère, elle avait vu un garçon sensible qui avait besoin d'affection. Dans le salon, à leur retour, David me listait surexcité les trains aperçus en chemin tandis que Maman rapportait à sa mère les conclusions de la séance, dont cet encouragement à revenir avec son fils toutes les semaines pour passer un moment à deux, lui offrir de l'attention. Puis elle s'est levée et en montant l'escalier, elle a soupiré : comme si toute l'attention de cette maison n'était pas déjà sur lui.

La semaine qui a suivi, *rien d'alarmant* a été pour nous une petite cantilène. Le lendemain avant l'école, Maman est montée avec nous pour habiller David et il a commencé le bras de fer habituel – mon frère qui tour à tour se débattait parce qu'il voulait s'habiller seul, puis pleurait à chaudes larmes, dévasté d'avoir découvert comme chaque matin que sa tenue n'incluait pas sa combinaison de ski *Thomas la locomotive.* Il s'est effondré au bout de son lit, et Maman, un t-shirt à la main, a lentement balancé la tête de droite à gauche : rien d'alarmant, mon œil. Le lendemain au dîner, elle tendait à David une fourchette de daurade et lui, il détournait la tête de ce poisson qu'il avait pourtant déjà goûté et aimé, et plus il remuait, plus la main de Maman piquait vers lui, si bien qu'une ou deux collisions laissèrent à mon frère des miettes de chair collées sur le front. Les cris démarraient comme toujours quelque part dans cette débâcle. Il hurlait, Maman disait : mange, et il hurlait encore et Maman hurlait plus fort, elle lançait : et là, y a rien d'alarmant, peut-être ? Une autre fois, sur notre terrasse, elle feuilletait des revues de décoration avec ma grand-mère tandis que David et moi terminions une partie de mikado – nous étions calmes, mais Maman le fixait quand même comme un criminel. David retirait les baguettes tout concentré, la langue entre les lèvres, et moi, je jouais n'importe comment, à cause de ces yeux qui flottaient derrière nous, mal dissimulés par ce magazine de détective. Maman a replié son journal et l'a posé sur la table de façon si brusque que nos mikados se sont effondrés. Rien d'alarmant, je rêve, a-t-elle marmonné en partant. Nous nous sommes indignés auprès de Mamie de l'échafaudage démoli. Venez là, a fait notre grand-mère en ouvrant grands les bras, et en guise de consolation, nous nous sommes roulés contre ses flancs, abrités sous sa capeline.

Cent fois nous avions survolé avec elle, depuis notre terrasse, les toits, les grands chemins, le Loing et les bocages. Parfois la neige fragile, parfois la terre sèche sous le soleil escaladant le ciel ou la douceur subite du soir, mais toujours, de loin en loin, ces trains qui grondaient pour nous, en contrebas, et ébranlaient d'une onde dévorante cette beauté qui donnait envie de mourir. Mamie venait nous voir tous les jours. C'était facile, puisqu'elle habitait à cinq minutes à pied, tout en bas de notre allée. Elle préférait être ici, avec nous, plutôt que dans sa maison triste hantée jusqu'aux tissus des chaises par le visage de notre papy mort. Chaque fois que nous nous retrouvions seuls avec elle, la poitrine de ma grand-mère s'abaissait dans un soupir. Je suis tellement heureuse d'avoir acheté cette maison. Et elle nous narrait notre légende.

Quelques mois avant notre naissance, elle vadrouillait dans les hauteurs de ce roc un peu effrayant où elle avait grandi, comme notre mère après elle et sa mère avant elle. Elle avait alors contemplé longtemps cette maison, peut-être sortie de terre dans la nuit avec son panneau « À vendre » pour s'élever au-dessus de la région et accueillir ces petits jumeaux qui arriveraient bientôt. L'édifice succéderait à l'appartement parisien étroit dans lequel sa tête de mule de fille était allée s'exiler avec son petit copain de l'école de théâtre lorsqu'elle avait appris pour la grossesse. C'est-à-dire qu'elle était partie, notre Maman. Je me souviens de mon frère et moi à plat ventre sur le lit de nos parents, nos mentons posés dans nos mains en coupelle, devant notre grand-mère qui ourdissait de vastes rangements dans les placards. Elle triait par couleurs les robes de Maman et repliait les caleçons de Papa – elle trouvait, disait-elle, que sa fille tenait sa maison n'importe comment et que c'était quand même le comble pour une jeune femme qui, à vingt-quatre ans, avait annoncé qu'elle partait, qu'elle allait vivre enfin libre, recommencer une famille à zéro avec son amoureux et leur bébé à venir. Ils n'avaient pas de vrai métier, pas d'argent. C'était une folie. Et puis, il y avait eu cette magie : on avait vu à l'échographie un deuxième bébé tout petit, dissimulé derrière le premier. Ne soyez pas ridicules, avait dit Mamie, deux enfants, à Paris, c'est impossible. Elle avait acheté la maison avant même que Papa et Maman ne l'aient visitée. C'était temporaire, le temps qu'ils se fassent une situation. Huit ans plus tard, nous étions toujours là, contre elle sur la terrasse de cette maison qui lui appartenait et dont elle avait le double des clefs. Elle répétait souvent cette phrase qui lui était venue à la fin du déménagement, devant les ombres de nos parents à l'intérieur : cette maison, on dirait la première maison du monde. Ou alors, la dernière maison du monde – je ne sais plus, cela dépendait des versions.

Et l'histoire de notre maison, tu vas la raconter ? murmurais-je à David le soir venu dans notre chambre. Après la séance chez la psychiatre, David ne m'a plus parlé que de cette dame qu'il allait revoir le mercredi suivant. Elle se répandait tout entière dans l'espace de paroles d'habitude dévolues à la Nuit – pour ça, j'imaginais une géante aux dimensions d'un chêne. Il disait que c'était la dame la plus gentille du monde. Elle l'écoutait avec un sourire dans les yeux, sans jamais s'énerver, sans jamais le faire taire – comme toi, Olive. Ensemble, nous faisions la liste des histoires qu'il préparerait pour elle. Il me racontait qu'elle lui avait montré des livres, et même un grand atlas de médecine qu'ils avaient feuilleté ensemble. Elle lui avait expliqué qu'elle était aussi docteure, que par exemple elle pouvait soigner les enfants en leur donnant des sirops pour la toux, ou du baume pour la poitrine. David lui avait demandé : et à moi, tu peux donner du sirop pour la toux et du baume pour la poitrine ?

Le jour du deuxième rendez-vous, David était si heureux qu'il n'a pas bronché avant nos cours de judo et de danse. Je l'observais au retour, en kimono sur la banquette arrière. Qu'on me dise ce qu'on voudra, mais ce frère judoka, ce n'était pas mon frère. Son teint près du coton blanc et piqué avait un nouveau hâle, je ne reconnaissais pas la forme de son visage. On n'aurait pas dit un frère, on aurait dit un garçon, qui revenait non pas du club multisports, mais des préparatifs d'un très long voyage vers un pays de sommets enneigés et d'atlas de médecine où les baumes soignaient tout. Nous sommes rentrés à la maison et David a foncé vers l'escalier pour se changer. Maman, elle, s'est installée dans le canapé. Elle a allumé la télé. David s'est retourné, il a dit : on se change pas pour la dame ? J'ai annulé, a répondu Maman. On va pas retourner voir une folle pareille. Rien d'alarmant, je rêve. Rien d'alarmant, rien d'alarmant, chantonnait plus tard mon David le visage ruisselant de larmes en effleurant, avec une pièce manquante, les creux du puzzle entamé sur le plancher de notre chambre.

13

Notre terrasse surplombait la région. Nous y buvions des briques de jus de pêche à l'heure du goûter en comptant les châtaigniers au bord du Loing qui recevaient tour à tour le vent, la pluie ou le soleil qui ne nous touchaient jamais, nous, puisque nous avions la terrasse – elle nous abritait de tout, sauf de David. C'était l'endroit préféré de tout le monde à la maison, et Maman avait enroulé une guirlande autour des piliers de bois, alors quand les fleurs du jasmin s'évanouissaient avec l'hiver, les billes de lumière nous gardaient en été, et tous ensemble, nous disions : ici, c'est toujours l'été. Nous le disions blottis sous une couverture à regarder la pluie s'abattre sur les autres, chauffés par les bains d'huile et oubliant un instant, en portant le chocolat chaud à nos lèvres, la tempête qui sommeillait en notre sein et éclaterait certainement.

Les vrais étés, sur la terrasse, David et moi nous allongions chacun sur une partie de la banquette d'angle pour lire nos grands livres cartonnés sur des ogres et des filles, le sommet de son crâne si collé au sommet de mon crâne que nous ne savions plus si le ventilateur agitait ses cheveux ou les miens. Nous croisions et décroisions les jambes au même rythme, l'album posé sur nos cuisses, et les pages, nous les tournions aussi en même temps, puisque nos yeux lisaient pareil, et qu'à la fin de la page, une vibration commune sonnait le moment de tourner, et c'était ça notre langage, d'infimes tremblements en deçà du monde que seuls les gens comme nous, les gens indivisibles, savent percevoir. Ou bien, à genoux devant la table basse et assistés par Maman, nous remplissions nos cahiers de vacances année après année l'un à côté de l'autre. Si le corps de David penchait un peu vers moi – et c'était la balance naturelle de son être puisque j'étais son centre de gravité et qu'il était le mien, Maman lui donnait une tape sur l'épaule : ne copie pas sur ta sœur. Depuis longtemps, Maman avait décidé que j'étais d'une intelligence supérieure, contrairement à David qui, lui, était nul en tout. Il mettait chaque fois si longtemps à comprendre les exercices qu'un jour, pendant les devoirs, Maman lui a cassé une ardoise sur la tête. J'avais entendu un grand bruit en passant dans le couloir, j'étais entrée dans notre chambre. Dans les particules de poussière flottait à notre petit bureau un face-à-face silencieux entre mon frère assis et ma mère debout. Elle tenait les deux morceaux brisés de l'ardoise sur laquelle, trente minutes plus tôt, elle découpait pour nous les syllabes d'un mot. Maman a levé le regard vers moi, puis elle a eu un rire étrange, elle a dit : Maman a cassé l'ardoise sur la tête de David. Maman est folle, elle a cassé l'ardoise sur la tête de David. Et comme elle riait, je me suis mise à rire aussi. Et comme je riais, David s'est mis à rire, les yeux humides.

Nous soulignions dans nos cahiers les noms communs et nous barrions les noms propres en parfaite cadence. Nos crayons ensemble faisaient le bruit d'un métronome. Lorsqu'il fallait écrire des phrases entières dans le cahier, nous n'aimions pas, nous soupirions, nous froncions les sourcils – nous les froncions en même temps – parce que David et moi n'avions pas la même façon de tracer les mots et ça, ça le faisait pleurer, et moi aussi. Je dérangeais mes lettres et lui, il tentait de contenir les siennes qui dépassaient des lignes et des marges ; j'ai appris à écrire en tentant d'être lui et il a appris à écrire en tentant d'être moi. Après le déjeuner, nous nous endormions parfois main dans la main, les joues écrasées contre les coussins de la banquette. David était mon frère et moi j'étais sa sœur, mais j'étais aussi sa frère et il était mon sœur : son prénom était mon prénom, son visage était mon visage et un fil invisible au-dessus de nous reliait nos deux corps et les faisait bouger comme deux marionnettes. C'était nous, c'était comme ça, David et Olive. C'était depuis toujours, c'était déjà avant ça. Après la Nuit, ça l'était encore. Qu'on me dise ce qu'on voudra, que ce n'est pas possible : après la Nuit, ça l'était encore. Pour moi, ça l'était à jamais.

Parfois, je me réveillais de la sieste et il n'était plus là. Je traversais alors la terrasse, j'allais tout de suite regarder la grille. David l'escaladait. Et moi, je le regardais escalader la grille, appuyée contre un pilier, faisant rouler entre mes paumes une des diodes de la guirlande. Comme pour beaucoup de choses qui effrayaient les autres quand il s'agissait de lui, moi, je n'avais pas peur. David se hissait alors même que le seul appui en fer ne lui permettait pas de s'élever de trente centimètres. La grille, en réalité, ne s'escaladait pas. Cette ascension-là n'avait peut-être d'autre but qu'elle-même et s'en aller n'était que le mouvement perpétuel du corps de mon frère, sa danse millénaire, dont il rejouait les gestes invariablement. Mais Maman avait peur, et Papa décidait donc qu'il devait avoir peur aussi, et ils ordonnaient à tout le monde de ne jamais, sous aucun prétexte, laisser la grille déverrouillée. Ce qu'ils craignaient le plus, c'était bien sûr que David ne se rende à la gare, où le passage à niveau tuait un promeneur par an – et David, naturellement, continuait à dire tous les jours qu'il voulait voir la gare, il racontait qu'un jour il deviendrait un train. Lorsqu'il trouvait la grille ouverte pourtant, il n'allait jamais bien loin. On le retrouvait cinq minutes après son départ au bout de l'allée où nous vivions, en bas de l'escalier, généralement au niveau des trois marches en pierre qui plongeaient dans le Loing, ses petites mains agrippées aux anses du sac à dos vide qu'il prenait parfois pour partir, son regard perdu dans la nage des cygnes.

Quand Papa et Maman trouvaient David accroché à la grille, ils l'en arrachaient dans les hurlements, ils le portaient jusqu'à la terrasse et ils le replaçaient sur la banquette. Tu bouges plus, maintenant, criait Papa, tu lis et tu te calmes. Alors David poussait un rugissement à faire trembler la grille ; Maman me rejoignait contre le pilier et me serrait contre elle. David balayait les livres, poussait la table à coups de pied, se roulait par terre, et Maman me murmurait : ne t'inquiète pas, Olive, ne t'inquiète pas. Mais je ne m'inquiétais pas. Je contemplais simplement mon David qui comme un voltigeur déployait bras et jambes pour réveiller le monde. Papa le maîtrisait bientôt à coups de poings serrés autour de ses deux bras et d'une flopée de menaces. Il tendait l'album sur les ogres et les filles, puis, avec Maman, ils s'en allaient. David restait là, assis en tailleur à sangloter bruyamment, sa poitrine faisait des soubresauts et ses doigts grotesques tenaient bêtement le livre devant son visage – en dépassaient seulement ses yeux qui regardaient dans tous les sens comme on guette un danger. Olive, il disait, quand son regard se posait enfin sur moi. Sa voix chevrotait encore, il reniflait. Alors je lâchais la diode et je m'installais près de lui, en tailleur comme lui, et je prenais l'album déjà lu tout à l'heure, et je l'ouvrais, comme lui, à la même hauteur que lui. Il pouvait commencer à lire. Nous lisions alors ensemble, nous tournions la même page au même moment, et quand il s'était vraiment calmé, quand sa respiration était fluide, il disait parfois : imagine, Olive, si on la faisait vraiment, la Nuit. Je gloussais. Je disais : oui, ce serait rigolo. Non, mais imagine vraiment, Olive. Parfois David insistait beaucoup pour la Nuit et ça, je n'aimais pas trop. Imagine vraiment, Olive. T'imagines ? Il me tapotait l'épaule. Parfois, il saisissait ma manche, il me secouait. Moi, je trouve que tu imagines pas bien, là. Je me renfrognais. Je me dégageais, je tournais une autre page. Hé Olive. Il me saisissait l'avant-bras entre le pouce et l'index, il me pinçait. Aïe, David. T'as imaginé ? T'as imaginé, Olive ? Oui, c'est bon, j'ai imaginé, je finissais par dire. David riait alors, doucement d'abord. Puis de plus en plus fort, et tout le Loiret à nos pieds devait n'entendre que lui.

14

Le dimanche matin, Papa allait courir et nous nous glissions dans le lit de Maman. Au milieu de la chambre pâle, il y avait cette grande courbe gonflée aux cheveux endormis. Nous escaladions le matelas en riant d'excitation et nous nous roulions dans la couette qui sentait la tubéreuse, comme Maman et ses jambes douces que nous serrions entre nos cuisses. Je frottais mon nez à sa gorge, la bretelle de son pyjama me chatouillait le menton et de l'autre côté de notre mère géante qui se déversait partout dans le lit et la chambre, mon frère aussi se laissait envelopper par son long bras blanc comme le cou d'un cygne. Maman nous embrassait le crâne en respirant très fort. Elle se redressait et elle saisissait la tasse de café que Papa avait déposée sur la table de nuit ; elle buvait lentement avec, accrochées à son buste, deux têtes lourdes qui tétaient l'amer de son souffle. Quand la tasse était vide, Maman quittait la chambre pour s'en servir une autre et elle nous laissait là, et nous attendions la plupart du temps un peu assommés, en silence. Pas cette fois-là – cette fois-là, pendant un mois d'hiver l'année de nos huit ans, David a parlé. Nous nous faisions face, moi rousse et lui très brun et nos peaux blêmes mélangées aux draps, et son visage large enfoncé dans l'oreiller et si loin du mien lorsqu'il a parlé, lorsqu'il a dit : Hé Olive, tu sais, moi, Maman lit dans mes pensées. Je n'ai rien dit, je l'ai regardé bâiller, avec la salive séchée qui craquelait aux commissures des lèvres. Il a répété : moi, Olive, tu sais, Maman lit dans mes pensées.

David l'avait compris en rêve, c'est ce qu'il m'a dit ce matin-là. Il m'a raconté que dans son rêve, il y avait eu notre même maison haute, entourée des mêmes bouleaux, avec la même balançoire dans notre même jardin, la même grille de l'entrée et le même tilleul en face de notre chambre. Notre chambre dans le rêve était la même aussi, mon lit et puis ton lit Olive, et le coffre à déguisements, et le bureau, et l'armoire ; dans cette chambre très réelle, mon frère, disait-il, était allongé sur son vrai lit et sous les stries du vrai tilleul qui n'avait plus de feuilles à cause du vrai hiver dont je voyais bien la buée et le givre à la fenêtre de la chambre de ma mère tandis qu'il racontait – c'était bien la preuve que tout cela était très sérieux. Toi tu n'étais pas là, me chuchotait David dans le grand lit blanc en frottant ses yeux mal ouverts, mais Maman, elle était là, dans notre chambre, et elle s'est approchée de moi quand j'étais allongé. J'étais allongé comme ça – David s'est soulevé avec mollesse en se tenant sur les coudes et la couette a glissé sur son ventre découvert. Allongé comme ça, et Maman s'est avancée jusqu'au-dessus de moi et elle m'a dit : David, je lis dans tes pensées. C'est comme ça que je l'ai appris. Appris quoi ? a demandé notre mère réelle qui revenait avec sa tasse de café.

Nous avons fait des expériences. David m'a dit qu'il penserait à des choses et me ferait un signe lorsque Maman lirait dans sa tête : il poserait l'index sur l'arête de son nez. Quelques heures plus tard, mon frère et moi étreignions de toutes nos mains gantées nos tasses de chocolat Donald et Daisy avec leurs becs en trois dimensions. Nous étions blottis l'un contre l'autre sur la terrasse couverte où Maman nous avait emmitouflés dans des pulls et des linges. Elle avait fait rouler le radiateur électrique branché à la rallonge du salon jusque sous nos pieds; ensemble, nous regardions tomber la neige. Elle préférait pour nous ce spectacle à celui des Pokémon sur la Game Boy que nous avions reçue pour Noël et à laquelle elle nous avait arrachés en promettant le chocolat chaud. Maman disait toujours que la neige c'était mieux que le cinéma. Elle disait que personne ne pouvait hurler sous la neige, car celle-ci rendait tout calme et reposé, et tout était alors parfait; la voir ainsi qui tapissait tout, c'était ce qu'elle préférait. David, tu bois lentement. Maman avait baissé ses joues rougies par le radiateur vers mon frère et sa tasse pleine. Si c'est pour qu'il t'en reste plus longtemps que ta sœur, ça ne sert à rien, parce que ton chocolat sera froid, après. Près de moi, David a doucement pressé l'index contre l'arête de son nez. En même temps, nous avons porté à nos lèvres le chocolat brûlant. Nous avons contemplé la neige de notre mère talquer les cris du monde, le tilleul et notre balançoire, les réduire au silence.

Du bout des lèvres, vingt ans plus tard, j'ai confié à Maman ce rêve dont m'avait parlé mon frère, deux ans avant la Nuit. Il était tard, nous étions assises toutes deux à la table de la salle à manger, dans l'angle clair d'une petite lampe de brocante. Elle a eu, sur son visage ridé encore très beau, ce rictus agacé qui commençait à lui venir chaque fois que je ravivais le souvenir de David dans cette maison où, depuis des lustres, nous prononcions à peine son prénom. Lire dans ses pensées, a sifflé Maman dans un petit rire en contemplant le rideau noir de la nuit. Lire dans ses pensées, n'importe quoi. Elle a ajouté que ça lui ressemblait bien, toutes ces idées délirantes, à lui qui m'avait entraînée dans la tragédie de la Nuit. Elle a bu une gorgée de tisane. Lire dans ses pensées, je te jure. Puis elle a ajouté : enfin, il faut passer à autre chose, maintenant. Chaque fois que je suis revenue sur un moment d'enfance, Maman m'a répondu qu'il fallait passer à autre chose, maintenant. D'ailleurs, de tout ce que je lui racontais, elle n'avait quasiment aucun souvenir. Il y avait, estimait-elle, une torsion de ma mémoire : une sorte de démence, même, qui me venait sûrement de lui. Maman disait que nous n'allions que très rarement sur la terrasse, elle ne voyait pas pourquoi je racontais qu'on y buvait du chocolat. Elle était aussi absolument certaine de n'avoir jamais particulièrement aimé la neige, qui par ailleurs était très mauvaise pour les fleurs du jardin. Elle disait également que les amis de Paris ne venaient que très rarement à la maison, qu'elle n'avait d'ailleurs jamais été très mondaine, que ce qu'elle aimait surtout, c'était notre vie en famille. En général, Maman m'enjoignait de cesser de me torturer avec mes souvenirs de lui, et avec cette enfance à propos de laquelle, manifestement, je rêvais et inventais beaucoup.

Ce soir-là dans la salle à manger, par un éclat de

courage, j'ai insisté, j'ai essayé encore de saisir, dans le tissu des souvenirs, quelque indice pour toucher au plus près de la découpe laissée par mon frère sur ce monde dont il est né coupé. Maman a perdu son calme. Qu'est-ce qu'elle pouvait bien en dire, de cette histoire de lecture des pensées. Elle ne comprenait pas pourquoi je racontais ça, elle ne voyait pas où je voulais en venir. Il avait un diable, voilà, c'était la seule chose à retenir. L'Aquapark, tu ne t'en souviens plus, Olive ? Et puis David n'était plus là, ajoutait-elle, et à en reparler sans cesse, je faisais de la peine à tout le monde. Il faut passer à autre chose, maintenant, Olive. Mais il n'y avait pas d'autre chose. Mes os avaient poussé là-bas, dans l'enfance avec David. Ils avaient à l'intérieur de moi imprimé un réseau, une carte du Loiret et de ses fleuves, un plan de notre maison haute où, avant cette Nuit de malheur, nous étions encore frère et sœur. Devant Maman, j'ai longtemps tenté de faire taire ces pensées obsessionnelles. Peut-être craignais-je qu'elle ne les lise.

15

Tous les ans, le dernier week-end de juillet, nous prenions la route pour un trajet qui devait durer sept heures jusqu'à la maison de plage. Maman vérifiait nos ceintures, s'assurait qu'on était bien installés, Papa demandait : tout le monde est bien installé ? Puis il mettait le contact et appuyait sur le bouton de l'autoradio. Les hêtres filaient à travers vitres en cadence avec Joe Dassin. David et moi nous retournions vers la lunette arrière et regardions notre maison haute rétrécir tout au bout de la route sinueuse. Au revoir, la maison, disait David ; les vacances commençaient. Pendant sept heures, nous chantions à tue-tête, nous comptions le nombre de voitures grises pour lui et rouges pour moi, et le premier qui arrivait à cent avait gagné. Nous lisions toutes les plaques d'immatriculation. Nous nous chamaillions parce que je demandais que l'on passe le disque de Patrick Bruel, dont j'étais amoureuse – David, lui, ne supportait pas que l'on change la musique.

Chaque chanson, il voulait l'écouter en boucle – l'été d'avant la Nuit, c'était la chanson des églantines qui avait démarré en même temps que la voiture, et il avait fallu la repasser trente fois. Il chantait chaque fois sérieusement en faisant bien attention à n'oublier aucun mot. C'est parce que la chanson pousse autour de mon cœur, Olive, et on doit la remettre pour qu'elle pousse encore. Une fois, Papa nous emmenait à Grez, David s'était encore mis à chanter avec Joe Dassin dans l'autoradio et je lui avais demandé : mais David, tu n'étouffes pas si la chanson pousse autour de ton ventricule gauche et ton ventricule droit et ton aorte ? Nous avions lu ensemble un livre sur le corps humain, et je n'aimais pas l'idée d'une chanson poussant et s'enroulant autour des artères de mon frère. Papa avait tourné son visage attendri vers moi, tout plein de sa barbe de plus en plus grise pour sa jeune trentaine et qui trahissait le désastre de son âge à nos yeux. Il m'avait expliqué que la chanson ne poussait pas vraiment dans le cœur de David, que ce que mon frère voulait dire, c'est qu'il connaissait la chanson par cœur – comme si les enfants ne savaient pas parler, comme si David ne savait pas très bien ce qu'il disait. Heureusement, je n'accordais déjà que peu de crédibilité aux opérations des faibles esprits adultes et portais toute mon attention sur mon frère qui m'informait que non, il n'étouffait pas, au contraire : la chanson maintenait son cœur en place. Enfin, sur l'autoroute vers la maison de plage, après de longues négociations avec David qui suppliait et pleurnichait, nous finissions bien par changer la musique. David recevait alors Patrick Bruel tout désorienté. Son regard ricochait de l'appuie-tête à la vitre, de la vitre à la ceinture de sécurité serrée sur son bassin, de la ceinture à moi, et je peux jurer qu'il ne me voyait pas, qu'il ne me voyait plus du moins, que ses yeux me dissolvaient déjà dans l'étrangeté qui l'avait encerclé en traître – tandis que pour nous autres, les êtres sans blessures, l'habitude neutralisait tout, David contemplait tout changement comme un très vaste précipice dans lequel on l'avait jeté. Au bout d'un moment, il se remettait à chanter.

Papa engloutissait des œufs durs à la chaîne dont l'odeur me donnait la nausée, piqués dans la boîte en plastique tendue d'une main alanguie par Maman qui croisait les chevilles sur le tableau de bord. De temps en temps, David me pinçait la joue, ou bien il retirait sa sandale et me collait son pied nu juste sous le nez – pouah, David, laisse-moi tranquille, et il rigolait. Nous regardions défiler les panneaux rouge et bleu que nous tentions de lire mais Papa conduisait vite, et on geignait : mais Papa, on n'a pas eu le temps de lire. Ensuite, coincés dans les embouteillages, nous ne faisions que ça, lire : nous lisions et relisions le même grand panneau lumineux tout en haut du pare-brise – tunnel de Fourvière fermé, suivre Lyon. Tunnel de Fourvière fermé, suivre Lyon. Tunnel de Fourvière fermé, suivre Lyon. C'est bon, on a compris, là, disait Maman. Ça repart quand, Maman ? Ça repart quand ? Maman déclarait alors que c'était l'heure de nous distribuer nos sandwichs même s'il n'était pas encore midi, et le pain de mie, le jambon et le fromage frais agissaient sur nous en bâillons de coton fourrés au fond de nos gorges – on entendait à nouveau le moteur et Patrick qui parlait de se casser la voix. Les heures passaient ainsi et, de temps en temps, nous nous arrêtions à la station-service pour nous dégourdir les jambes. David refusait évidemment de sortir du monospace. J'allais avec

Maman acheter les Oreo auxquels nous avions droit seulement les jours de voyage, et je revenais m'asseoir près de mon frère. Nous terminions tout le paquet en faisant des miettes sur la banquette arrière, et l'habitacle sentait le cacao brûlé et le café soluble que notre mère tenait dans un gobelet en plastique blanc. Nous reprenions la route excités par le sucre et l'heure qui avançait, David remettait son pied juste sous mon nez, je criais, Papa avalait un œuf dur, Maman changeait la musique, David pleurait, Maman disait ça suffit, et soudain c'était une route le long d'une plaine d'oliviers. On arrive quand, Maman ? ai-je demandé une millième fois l'été de nos neuf ans. Nous avions dépassé le champ de lavande sur les plateaux mauves de Valensole et encore plus loin, les chênes et les platanes de l'arrière-pays. Non mais c'est pas possible, David, ça fait dix fois que tu me poses la question, j'en peux plus, tu m'entends ? Déjà, c'était le chant des criquets, puis les pins d'Alep le long des anses rocheuses qui exhalaient le sel. Mais c'est pas moi qui ai demandé, c'est Olive. Quelques amandiers, des cyprès très verts, et cette allée dont nous reconnaissions l'asphalte, les grillages, les pommes de pin par terre. Au fond, notre grande maison donnait son dos à la baie. Oh, pardon ma chérie. Regarde, on est au bout de la rue.

Et soudain, la mer.

16

Arrivés devant la maison de vacances, nous nous jetions vers le portail à la peinture très écaillée qui donnait sur les pins dont, avec les cousins, nous passions de longues heures à récupérer les pommes tombées au sol – nous retirions les graines nichées entre les écailles, nous les cassions à la pierre, nous les mangions immédiatement. À l'intérieur, Papa saluait son grand frère et Maman saluait sa belle-sœur et nous, nous courions vers la grande banquette où Benjamin jouait à Serpent sur son Nokia 3310 qu'il ne voulait jamais nous prêter et où sa sœur Mathilde, qui était grande et soupirait beaucoup, écoutait en maillot de bain et casque sur les oreilles le CD gravé pour elle par son petit copain de Marseille. Ils étaient déjà bronzés des trois ou quatre jours d'avance qu'ils avaient sur nous chaque année. Nos cousins sentaient le sel de l'après-midi à la plage, Mathilde avait une chaîne en argent autour de la cheville et Benjamin son collier de surfeur en perles de bois et coquillages, même s'il reportait chaque été les leçons de surf payées par sa mère. Dans deux jours viendraient l'autre grand frère de

Papa, et sa fille Inès moins grande que Mathilde mais plus grande que Benjamin, et qui gonflait d'année en année malgré les préceptes du régime que sa mère rappelait à son père chaque fois qu'elle téléphonait d'Espagne – de l'autre côté du combiné, nous entendions la mère d'Inès rouler les *r* en disant : protéines, et toute la journée, avec David, nous répétions : protéines, en roulant les *r*, ce qui énervait beaucoup Inès.

Nous partagions l'étage sous la mansarde avec tous les enfants, c'est-à-dire avec Benjamin, parce que les grandes avaient maintenant leur chambre et qu'elles nous haïssaient. À notre réveil à l'aube, avant que la pièce ne devienne une étuve, nous nous glissions avec David entre les deux lits superposés et nous filions au rez-de-jardin où, sur la banquette de la terrasse, notre grand-père buvait du jus multifruits en regardant les pins. C'était notre grand-père d'ici, notre grand-père de plage, qui ne vivait qu'en août et sur cette exacte banquette. Le reste de la journée, il faisait la sieste, il lisait le journal, il se promenait dans le jardin les mains dans le dos. Au moment des repas, il s'asseyait en bout de table et il buvait doucement une soupe froide avec un petit sourire en nous observant bavarder. Son bol vide, il prenait congé et retournait sur sa banquette pour fredonner des mélodies sans paroles avec un cure-dents entre les lèvres. Lorsqu'à l'aube David et moi nous asseyions près de lui, notre grand-père de plage ne déviait pas son regard des pins. Il versait simplement, sans baisser la tête, du jus multifruits dans les deux petits verres qu'il avait préparés pour nous sur son plateau – il nous les tendait sans un mot, et David et moi buvions en regardant les branches. L'air était tiède et apportait le parfum de résine des épines qui se mêlait à celui du jus qui enduisait nos lèvres et bientôt, à l'odeur de carvi du miel que notre grand-père de plage venait d'ouvrir. Le fond rose pâle du ciel glissait dans ma bouche un goût très ancien de dragée. Je ne le lâchais pas des yeux. Je saisissais toutefois, côté grand-père de plage, les vieilles mains qui remuaient, sortaient le pain du sachet, y posaient une tranche de fromage, et le badigeonnaient de miel. Mon grand-père me tendait la tartine dans laquelle je mordais en contemplant, au loin, la fine ride de feu qui flamboyait par-dessus une ligne de mélèzes et par-dessous un magma de nuages. Alors un petit rond de soleil, attendu comme un prince, se hissait depuis l'arrière des arbres jusqu'au centre de la ligne et y restait quelques secondes, tout fier, avant de disparaître presque aussitôt derrière les nuages. Cette boule de feu furtive, les inattentifs pouvaient la manquer, mais moi, je la voyais chaque matin, nette et nue, comme je voyais chaque jour nette et nue la lumière de mon frère.

Notre grand-père de plage portait un large caleçon rouge et blanc et une chemisette ouverte sur son torse taché et plein de plis. C'était vêtu ainsi, et surmonté de son chapeau de paille, qu'il quittait la maison une fois le jour venu, flanqué de jumeaux minuscules encore en short de pyjama. Nous descendions l'allée sans oser lui tenir la main. Nous bavardions comme s'il n'était pas là. Moi, je suis capable de retenir ma respiration en comptant jusqu'à mille, regarde. Tu sais que si tu avales du dentifrice, tu meurs sur-le-champ ? N'importe quoi. Si, c'est Benjamin qui me l'a dit. Et Inès m'a appris comment on disait La Ciotat en espagnol. Eh ben en fait, on dit quand même La Ciotat. Tu sais qu'une salamandre, ça a la peau empoisonnée pour tuer les ennemis ? Un jour, je deviendrais vraiment un train, Olive. Ça, cette année-là, je n'aimais plus qu'il me le dise. Je n'y répondais plus, je me taisais. Olive, tu m'entends ? Un jour, je deviendrai vraiment un train. Arrête, David. Mon frère se renfrognait. Nous restions silencieux jusqu'à la place du village en écoutant notre grand-père chantonner.

Sur la place, nous retrouvions chaque matin la fontaine et tout autour, les cafés vides, l'épicerie au rideau de fer baissé et le marchand de journaux qui ouvrait à peine et où notre grand-père de plage demandait trois titres de presse et deux Boules Magiques goût fraise qu'il nous tendait avec un clin d'œil et dont nous léchions le sirop de glucose sur le chemin du retour. David renchérissait. Si, Olive, un jour, je deviendrai vraiment un train. Je faisais comme si je ne l'entendais pas. Quand nous rentrions, la maison s'était réveillée. Benjamin jouait à Serpent sur le canapé, Inès versait de grandes cuillères de chocolat sans sucre dans son lait écrémé à la table de la terrasse, où Papa et ses frères tiraient des morceaux de brioche dans un sac en papier kraft. Notre grand-père de plage se retirait dans sa chambre – nous ne le reverrions que le soir, après la plage. Mais une fois, au milieu de cet été-là, David a continué à m'asticoter sur cette histoire de train au beau milieu du salon, sous les soupirs agacés de Benjamin que nous déconcentrions manifestement dans son ouvrage capital – j'ai fini par dire : David, ça n'existe pas, de devenir un train, d'accord ? Mon frère m'a regardée comme si je lui avais arraché des mains sa Boule Magique pour la jeter dans le caniveau. Et notre grand-père, avant de quitter le salon, a grommelé avec un sourire, les yeux dans son journal : pourquoi ça n'existerait pas, de devenir un train ?

Ce que j'aimais le plus chez mon grand-père de plage, à part les plis de son ventre et les taches sur sa peau, c'étaient les sagesses qu'il lançait d'une voix enrouée quand il sortait de son mutisme. À Papa et Maman qui grondaient David pour avoir tenté d'escalader le portail de la maison de vacances, notre grand-père de plage souriait : lui avez-vous seulement demandé où il voulait aller ? Lorsque David hurlait, il applaudissait : voilà un petit garçon qui a des choses à dire. Au téléphone, il disait à Maman qui racontait l'après-midi à Grez où il l'avait presque poignardée en étant un pirate : c'était donc un pirate qui en avait gros sur le cœur. Et à mon frère qui voulait devenir un train, il répondait : pourquoi pas. David m'a souri radieux. J'ai haussé les épaules – d'avoir grandi à un rythme qui m'avait arrachée plus tôt que lui au monde où j'étais grive et où il était train au-dessus de la ville, je me sentais stupide.

17

Je ne sais pas quand ça a commencé. Avant la maternelle, peut-être, et c'était une blague, un jeu, une bêtise et une folie telle que ni lui ni moi ne savions comment en discuter sans rire de nerfs. Un jour, Olive, je deviendrai un train, me soufflait-il tout petit avant que l'on s'endorme. La lumière du couloir filtrait sous la porte et je saisissais, dans la pénombre, le contour de ses bras qui serpentaient vers le plafond tandis qu'il soufflait : tchou, tchou. Un jour, Olive, je deviendrai un train. Je serai la locomotive Jupiter qui a traversé l'Amérique en 1868, disait-il tout heureux, car il connaissait par cœur notre livre sonore sur les trains qu'il relisait si souvent que le dos s'était décollé. Maman s'énervait quand elle entendait la voix aiguë qui, lorsque mon frère appuyait sur les puces des pages tachées de lait, braillait : *le chef de gare agite une plaque blanc et vert pour indiquer au conducteur qu'il peut démarrer*, ou : *dans les gares de triage, on déplace les wagons qui formeront le train avec une petite locomotive, c'est un locotracteur.* Maman disait qu'elle n'en pouvait plus d'entendre cette voix encore et encore, et puis que ce n'était pas normal de relire autant de fois le même livre. C'est bizarre, elle sifflait. C'est bizarre, que tu le relises, c'est pas normal, David, c'est pas net. Une fois, tandis qu'il lisait, elle avait essayé de le lui arracher en criant : ça suffit avec ce bouquin, et mon frère avait résisté, crié et tiré plus fort qu'elle. La moitié de la couverture s'était déchirée. Pendant quelques secondes, David avait regardé le désastre du carton écartelé entre ses mains. Il y avait eu alors, sur ses joues rondes, des gouttelettes très douces, très belles. J'étais petite, je ne savais pas encore que les larmes comme celles-là étaient les larmes de l'absence. Mon frère était resté là, à sangloter doucement sur le canapé. Maman avait été si désarçonnée par cette version funeste de ses pleurs – elle non plus n'y connaissait rien encore – qu'elle était allée chercher du scotch pour rafistoler la couverture. David avait récupéré son livre sonore rapiécé en s'essuyant le nez avec sa manche. Il l'avait rouvert à la page qu'il lisait plus tôt, il avait appuyé sur la puce en reniflant. *La première ligne commerciale au monde était Liverpool-Manchester en 1833.*

Un jour, Olive, je deviendrai un train. Ce serait comme les loups-garous : en fait, à minuit, s'il se mettait à courir sur les rails, très très vite, le plus vite possible, alors il deviendrait un train. David avait su à la naissance, pour son destin de train, et mille preuves étaient venues lui tapoter l'épaule depuis. De notre balançoire, nous voyions le Transilien filer sur les rails qui sinuaient dans la cime touffue. Il est quelle heure, Olive ? me demandait un David plein d'urgence. Je jetais un œil à ma Flik Flak. Neuf heures et quarante-six minutes. David était parcouru d'une petite vague de plaisir. Il est à l'heure, Olive.

C'est parce que j'y ai pensé qu'il est à l'heure. Quand j'y pense pas, aux trains, ils sont en retard, à chaque fois. C'est comme ça que j'ai compris que j'allais devenir un train. Cela faisait des années que David ne devait communiquer que de loin avec ses frères ferroviaires. On ne se déplaçait plus qu'en voiture. Maman trouvait qu'il était trop intenable pour fréquenter les gares. Il ne voulait jamais en partir, il voulait regarder chaque train passer pour les aider à être à l'heure, ou il fixait comme un sorcier le tableau d'affichage jusqu'à ce qu'une nouvelle ligne apparaisse ; alors il criait : y a une ligne ! J'ai ajouté une ligne ! C'est pas toi qui l'as ajoutée, David, soupirait Maman, excédée. Puis il y avait eu la fois où, pendant l'année de CP, en chemin vers l'école, nous nous étions approchés de la voie ferrée. Après avoir longé le Loing, nous avions pris le petit pont de pierre, continué sur l'allée aux chênes jusqu'à passer devant la rue du passage à niveau. De là où nous étions, nous pouvions voir au fond de la ruelle les deux barrières rouge et blanc sous lesquelles couraient des rails vétustes et surmontés d'un train quand nous avions de la chance. Plus loin, à l'embranchement, les voitures roulaient vers la gare. Nous n'allions jamais dans cette ruelle. D'ordinaire, nous continuions comme si elle n'existait pas – Maman empoignait le bras de David et accélérait pour ne pas lui laisser le temps de s'appesantir sur le spectacle des trains. Elle avait accepté de nous laisser approcher seulement cette fois-là, parce que nous étions en avance. Alors pour la première fois, nous avions marché jusqu'au passage à niveau. Une fois au bord des rails, Maman s'était accroupie derrière David, l'avait entouré de ses bras, tandis que je déchiffrais le grand panneau rectangulaire planté dans l'herbe. Danger de mort. Défense absolue de toucher les fils, même tombés à terre. Je lisais à voix haute et David, retenu par Maman, s'inclinait sur la voie. Il plissait les yeux et estimait la largeur des rails. Il notait la façon dont ceux-ci étaient fixés aux traverses, il devisait sur les endroits où l'on pouvait voir des éclisses et, en se penchant vers la gauche – Maman le retenait plus fort –, il essayait d'apercevoir le quai de la gare sur le côté, pour compter les personnes qui attendaient le train. Il y aurait peut-être un contrôleur avec sa tenue de contrôleur, il y aurait peut-être des gens avec des valises. Allez David, on y va, avait dit Maman après quelques minutes en se relevant. Elle gardait les mains agrippées à ses épaules. Mais David ne voulait pas partir. On n'avait pas encore vu l'aiguillage s'actionner, et quand les barrières se baisseraient, on verrait le train passer de très près. On ne pouvait pas partir maintenant, on devait rester, juste cinq minutes, s'il te plaît, juste cinq minutes. Non, David, ça suffit, on va être en retard, et c'est dangereux de rester ici, disait Maman. Elle tirait maintenant sur son t-shirt pour qu'il se retourne. Lui restait immobile, ses baskets cramponnées à l'herbe et à la terre. Il fixait encore l'aiguillage. Allez, David, ça suffit – elle avait tiré plus fort. D'un coup, mon frère avait fait un bond en avant. Il avait atterri pieds joints sur le ballast, au beau milieu de la voie ferrée. Il s'était retourné, il m'avait souri. Je suis un train, Olive. Maman avait hurlé. Elle s'était jetée sur lui pour le récupérer. Nous ne nous étions plus jamais approchés du passage à niveau. Depuis, mon David prenait donc soin de ses trains depuis la balançoire : de là, il m'avait raconté mille fois le jour où le contrôleur lui avait fait un sourire. Tu sais, Olive, normalement, les contrôleurs, ils sont très méchants. Mais moi, il m'a fait un sourire quand j'étais petit, alors j'ai compris que j'allais devenir un train. Ensuite, quand on a couru tous les deux dans le jardin, j'ai senti qu'il y avait un moteur dans mon ventre, et aussi que sous mes pieds, il commençait à y avoir des roues. Mais ça allait, parce qu'on était pas sur des rails et qu'il était pas encore minuit.

Toute ma vie, David m'avait décrit avant de s'endormir comment il roulerait sur des chemins entre des lacs et des collines et des forêts et des châteaux ; il m'avait raconté qu'à sa fenêtre de train, il y aurait des tas d'oiseaux, des aigles et des dragons gentils qui cracheraient du feu sur ses ennemis et sur la neige pour ne pas qu'il glisse sur les rails. Il m'avait parlé du chariot à friandises qui passerait dans ses wagons. Dans mon lit, je gloussais, je demandais : il y aura quoi, comme friandises ? D'autres fois, j'avais peur, je murmurais : et moi, David ? Comment on fera, si on est loin ? Il me répondait que ce serait dans très longtemps, et qu'il viendrait me voir à la fenêtre de notre chambre. Il passerait entre les branches de notre tilleul ; il m'emmènerait où je voudrais. Chaque soir, avec mon frère, nous repartions sur des rails infinis dans l'intérieur de la Nuit, entre des élans et des lynx d'albâtre qui bondissaient partout autour des vitres.

Je ne sais pas quand ça a commencé, et je ne sais pas non plus quand j'ai commencé à ne plus aimer qu'il m'en parle. Peu à peu, il y a eu certains moments où il gloussait un peu moins. Il ne se trémoussait plus vraiment en racontant sa vie de train. Il parlait tout mélancolique, très lentement, avec un drôle d'air qui ne me faisait plus beaucoup rire. Tout à l'heure, Maman l'avait puni après une crise de hurlements, et le soir, avant de s'endormir, il marmonnait tout sombre comme pour lui-même : c'est pas grave, comme je vais devenir un train. Moi, je m'en fiche, comme je vais devenir un train, avait-il dit après le rendez-vous manqué chez la psychiatre. Je vais devenir un train, peut-être la semaine prochaine. Toi, Olive, tu feras comme on a dit, tu viendras avec moi sur les rails à minuit, et tu devras lâcher les freins comme quand on joue, et quand tu lâcheras les freins, je me mettrai à courir, et je vais devenir un train. Les ombres du soir lui coulaient sur les joues une sorte de cire, ses yeux ouverts n'étaient plus que des globes de paupières, et moi, je frissonnais devant ce visage autre. Dans ces moments-là me venait par éclats cette idée bizarre, l'idée que mon frère pouvait réellement vivre dans un monde différent du mien, où des trains faits de la même chair que les petits garçons fonçaient aveugles loin de leur sœur.

C'est pas grave, on va faire notre Nuit et je vais devenir un train, maugréait-il systématiquement ces derniers mois, difforme au milieu des ombres. C'est pas grave, je vais partir, je vais devenir un train. Je sondais ses yeux éborgnés par la nuit, mon ventre se nouait de les voir tout à la fois si sérieux dans leur folie, et si prêts à me quitter, dans le cas où le fou n'était pas celui que l'on croyait. Je ne les aimais plus, ces histoires de train et ces yeux, je n'avais plus envie de répondre. Je me taisais, je ronchonnais, je disais : j'ai sommeil, David. David continuait quand même. Je m'en fiche, comme un jour, je deviendrai un train au milieu de la nuit. Hein, pas vrai Olive ?

T'as entendu ? Pas vrai, que je vais devenir un train ? Une fois, j'ai marmonné : je sais pas, c'est pas rationnel. Hein, t'as dit quoi ? C'est pas rationnel, ai-je répété un peu plus fort. David a laissé un silence. Tu sais même pas ce que ça veut dire, rationnel.

18

Vers onze heures, nous descendions l'allée tous ensemble pour rejoindre la plage. Papa et ses frères portaient les parasols et les mamans de grands paniers en paille remplis de serviettes et de tubes de crème solaire. Après le village, le chemin s'enfonçait entre les bougainvilliers sur les murs des maisons de vacances et nos sandales frottaient contre la terre d'été. Il y avait le concert des insectes et devant moi, les longs cheveux noirs de Mathilde lissés aux plaques chaudes ce matin sous mes yeux fascinés et qui se balançaient au-dessus de ses reins entre lesquels, cet été-là, elle s'était fait dessiner un papillon au henné noir à la fête du village. J'avais demandé à Maman le même papillon entre mes reins, elle m'avait répondu que je pourrais le faire quand j'aurais seize ans moi aussi, et ce papillon seul, des années durant, fut à mes yeux une motivation acceptable pour consentir à grandir sans mon frère. David à côté de moi trébuchait sur un caillou toutes les trente secondes environ. Enfin, au bout, entre les platanes, s'ouvrait la baie. Nous nous arrêtions en ligne sur la promenade dans la brise légère et regardions la mer.

Avec David, nous courions sur le sable qui brûlait entre les interstices de nos sandales jusqu'aux ronds d'ombre projetés par les parasols déjà en place, et nous sautions d'ombre en ombre le temps que nos adultes à nous s'installent. Puis, tartinés par Maman de crème solaire Nivea Kids qui nous plâtrait la peau, nous nous ruions sur la pointe des pieds vers la bande humide de sable bu par la mer à gorgées régulières et sur laquelle nous regardions la trace creusée par nos orteils entre les coquillages. Nous nous allongions à l'endroit où l'eau s'enroulait. Sur nos dos et nos jambes, nous sentions la vague baveuse et la tendresse des gerbes de sable et nous observions nos parents, là-haut, élaborer tout un système de glacières, de serviettes, de tables pliantes et de chiliennes. Deux mètres plus loin, les grandes cousines allongées s'enduisaient d'huile bronzante. Il y avait aussi Benjamin qui naviguait çà et là entre les parasols ; il saluait toujours des tas de copains. Hé Olive, me disait David à plat ventre sur le sable, si toi tu crois que ça n'existe pas, de devenir un train, alors je t'inviterai pas quand je roulerai sur la mer. Je ne répondais rien. Parfois, avec ses copains, Benjamin rejoignait la digue tout au bout de la plage. Hé Olive, en fait, j'aurai construit des rails sur l'eau, alors je pourrai rouler et j'aurai plein d'eau sur mon visage de train, mais pas toi, tu seras pas là, parce que t'as dit hier que ça existait pas. Hé Olive, t'as entendu ce que j'ai dit, sur les rails et la mer ? Nous y allions parfois nous aussi, à la digue, quand Maman voulait bien nous accompagner. Nous marchions longtemps les chevilles dans l'eau et nous observions la longue structure de bois grossir peu à peu. Je recevais quelques regards sur mon maillot de bain aux motifs tournesol qui, pour la première fois de ma vie, me faisaient rougir. Maman, elle, ne rougissait pas. Elle nous envoyait plonger dans l'eau pour éviter une insolation pendant la promenade, et quand je sortais, vive et agile, plus vite que David qui peinait dans les vagues, elle ouvrait grande la serviette pour me récupérer. Longtemps, tandis que David trépignait tout trempé à côté, elle me séchait, oignait mes joues et mes épaules. Elle sortait un peigne de sa banane et en passait lentement les dents dans mes boucles. Tout le monde nous regardait – elle me murmurait que je n'avais jamais été aussi belle que cet été. J'en gloussais de plaisir. J'entendais au loin David qui répétait : on y va, on y va? mais ce qui m'importait à cet instant précis, c'était ma bouche que les louanges de ma mère me rendaient plus palpable, et mes yeux qui croisaient d'autres yeux pour les assujettir, mes cheveux, mes épaules, mon dos tangibles tout à coup sous les regards et mon David, avec sa voix nasillarde, me gâchait la dégustation de ma propre splendeur. Je suivais le regard de ma mère vers le ventre de mon frère enflé par l'élastique serré du short qu'elle ne voulait pas déjà racheter à la taille au-dessus puisque l'année dernière il lui allait encore, et il n'avait qu'à arrêter de s'empiffrer s'il ne voulait pas avoir la peau sciée en dessous du nombril.

Quelques années plus tard, j'ai marché avec Maman sur le même chemin de sable. Cet été encore, j'étais plus belle que le précédent et je recevais des regards qui me donnaient à la fois la conscience d'exister et l'envie de disparaître – enfin, j'étais devenue femme. Mon David n'était plus là pour m'arracher à ce défilé de circassienne. En marchant, j'ai remarqué que la digue était plus proche. Je l'ai dit à ma mère : ils ont rapproché la digue. Elle a ri et m'a répondu : mais non, tu as grandi, c'est tout. Et mon cœur s'est serré de tout ce temps vécu sans lui. Sur cette digue, dix mois avant la Nuit, je m'asseyais encore en tailleur près de lui et nous observions ensemble les téméraires qui sautaient de la pointe. Mon cousin et ses copains remontaient l'échelle de fortune en secouant leurs visages pour en dégager leurs cheveux trempés. Certains me souriaient. Hé Olive, moi, je filerai droit, droit, droit jusqu'à l'autre bout de la mer, alors je serai un David-train dans un autre pays, ou bien on ira tous les deux, si tu veux, si tu me crois que je vais devenir un train. Quel pays ? je demandais de guerre lasse en recevant sur l'épaule les gouttelettes d'un très gros splash d'un copain de Benjamin – il l'avait fait exprès. Bah l'Espagne, comme Inès, répondait mon frère en grattant une des planches de bois brûlantes de la digue. Mais moi, j'irai tout seul, tu pourras pas venir avec moi. Tu voudras venir avec moi ?

Nous déjeunions sous les parasols d'une part de tarte gardée dans la glacière et entre nos lèvres pressées de retourner nager, Maman versait des lampées d'eau fraîche en nous tenant la tête en arrière. Certains jours, nous allions au restaurant de plage pour commander des spaghettis. David les aspirait en se couvrant les joues d'éclats de sauce tomate. Ensuite, dans l'après-midi, notre grand jeu, c'était la construction d'un château de sable avec la technique imbattable de notre père – on ne la répétait à personne, c'était un secret de famille : un seau pour transporter l'eau et un autre pour mélanger, et une grande base de sable tapotée à la pelle, sur laquelle nous placions nos tours et nos arches. L'eau venait parfois mouiller la bâtisse que nous protégions d'abord de nos mains, mais la vague revenait, opiniâtre, plus cruelle, elle nous dévorait les doigts. Nous nous abandonnions alors au spectacle de la mer reprenant possession de tout ce qu'elle engendre. Il y avait quelque chose de familier dans ce remous avide ; peut-être était-ce pour ça que nous sentions tous les deux, pour ce lent travail d'engloutissement, une sorte d'amour sauvage.

Il s'en fallait toutefois de peu pour nous sortir de notre hypnose – voilà que nous voyions passer un gamin léchant le caramel d'un cône. Alors d'un bond, nous remontions le sable pour négocier l'achat d'une glace. Papa nous accompagnait jusqu'au petit kiosque plus haut sur la promenade et sur le menu cartonné, nous pointions du doigt l'image d'un Magnum triple caramel et d'un sorbet à la fraise. La crème et le sucre gouttaient sur le sable tandis que nous sucions les bâtonnets à l'ombre de nos adultes à demi assoupis. Vers dix-huit heures, nous rentrions à la maison épuisés et cramoisis, le duvet sur nos peaux sèches plein de poussière de sel.

19

Cet été-là, Mamie est venue nous voir à la maison de plage. Elle est venue nous voir parce que c'était facile, puisque sa croisière débarquait dans la rade de Toulon. Ce n'était qu'à une demi-heure de route, ça aurait été dommage de ne pas passer quelques jours – j'entendais sa voix de ferraille à travers le combiné coincé entre l'oreille et l'épaule de ma mère. Maman, dans l'entrée près de la console où trônait le fixe, marmonnait : oui, bien sûr, ce serait dommage.

Nous revenions tout juste de notre promenade au kiosque à journaux, notre grand-père de plage poussait la porte de la maison quand nous avons entendu hé oh ! depuis le grand portail. Mamie était derrière avec son chapeau de paille à rubans et deux grosses valises. Nous avons couru vers elle pour lui ouvrir et l'embrasser. Et dans la maison encore somnolente, nous avons crié : notre mamie est là, notre mamie est là ! Les frères de Papa se sont levés mollement de la table de la terrasse, Maman a descendu l'escalier et Benjamin, sur le canapé, a même levé la tête de son Nokia. Sans raison aucune, mon cousin m'a hélée : hé Olive, viens voir. J'ai sursauté. Benjamin ne nous adressait jamais la parole, sauf pour nous faire des farces. Il nous racontait qu'un extraterrestre allait atterrir d'une minute à l'autre dans le jardin, et David et moi restions plantés là toute la matinée à regarder le ciel dans l'attente d'un vaisseau spatial ; pendant ce temps, son père revenait du marché avec des beignets, et mon cousin mangeait nos parts. Il avait quatorze ans, il détestait manger froid et demandait qu'on lui réchauffe tout, même la laitue. Il dégageait tout le temps les mèches éclaircies par le sel qui lui tombaient dans les yeux mais il refusait de se faire couper les cheveux. Ses copains venaient souvent à la maison, et leurs activités consistaient essentiellement à se taper dans le dos, à fumer derrière les arbres, à regarder des magazines cachés dans des sacs en plastique en gloussant et à se moquer de nous. Hé, Pumba ! Hé, Poil de Carotte ! Ils se tordaient de rire. Bref, nous l'adorions.

J'ai laissé les adultes s'embrasser et je me suis approchée de mon cousin. David m'a regardée m'éloigner, bouche bée au milieu des effusions. Mille fois, il a demandé à Benjamin : hé, Benjamin, tu veux jouer au ballon ? Non, Pumba. Hé, Benjamin, tu fais quoi ? Tu veux jouer au train ? Lâche-moi la grappe, Pumba. Moi, je recevais de plus en plus le privilège de son indifférence totale, que j'étais même parvenue en de rares occasions à transformer en vague indulgence en me montrant ravissante – ce mode naturel de mon être ne me demandait que peu d'efforts –, mais également en ne le dérangeant pas, en ne faisant pas trop de bruit, en ne prenant pas trop de place, en riant à ses blagues et en me montrant impressionnée par ses exploits, comme son niveau à Serpent ou la fois où il avait gobé sept œufs crus dans la cuisine sous les cris bovins de ses copains. Le métier de jolie commence tôt. Bien l'exercer m'avait menée à cette apothéose, m'installer près de lui sur la banquette, avoir l'honneur de le regarder jouer à Serpent. Ces apprentissages me suivraient pour le restant de ma vie d'adulte, mon cousin adolescent, je le découvrirais vite, constituant un échantillon très représentatif de la communauté des hommes.

Près de moi, Benjamin s'épanchait en : putain, je l'ai loupé, et quand il gagnait un niveau, il criait : yes, il me disait : tape là, et je tapais, gommant de toutes mes gommes secrètes mon David tétanisé par ce spectacle, sa langue immobile contre la Boule Magique qu'il oubliait de lécher, tout bousculé par les valises et les grands gestes de Mamie qui racontait sa nuit terrible en pleine mer agitée. Olive, a-t-il fait après un temps. Il était seul, maintenant, les adultes s'étaient à nouveau dispersés. Olive, tu viens ? Comme Benjamin l'ignorait, je l'ignorais aussi. Je continuais à fixer le serpent qui attrapait les pommes. Olive ? a répété David en s'approchant alors prudemment, pas après pas, jusqu'à porter sa petite ombre rondelette sur l'écran du 3310. Vous êtes à quel niveau ? a-t-il tenté. Benjamin a levé les yeux vers lui : casse-toi, Pumba. David est reparti bredouille. Il a ouvert la baie vitrée, il s'est installé à la table où Papa et Maman épluchaient des pêches plates. Il regardait ses sandales le temps que je finisse mon numéro de oh et de ah et de petits gloussements.

C'est pas comme ça qu'on épluche une pêche, rabâchait Maman à Papa. Moi, je fixais l'écran du Nokia et j'entendais, par la baie vitrée ouverte, mon père qui balbutiait : mais je croyais que c'était comme ça que tu voulais, et Maman soupirait fort puis lançait : bon, tu ne m'aides pas, là, va-t'en, tu me ralentis, et puis Mamie arrivait et proposait de prendre le relais, la petite musique entêtante du nouveau niveau de Serpent et en même temps un bruit de chaises, et soudain, un grand coup sur la table qui m'a fait sursauter. Maman venait de frapper la main de mon frère – il avait pris un bout de pêche. C'est pour la salade de fruits, David. Mon frère a croisé les bras, il a poussé un grognement en me jetant un regard. J'ai tourné la tête mais j'ai quand même entendu Mamie marmonner à Maman : tu pourrais lui apprendre la politesse. Je lui apprends la politesse, Maman. S'est ensuivi le débat éternel de ma mère et ma grand-mère, Mamie qui disait que, de toute évidence, ma mère ne savait pas éduquer ses enfants, et Maman qui répondait : et comment tu expliques que la petite soit parfaite et qu'il n'y en ait qu'un seul qui disjoncte ? J'ai levé les yeux du Nokia à ce moment-là. David grattait du bout de l'ongle le blanc de la table en fer forgé. Il s'est levé, est de nouveau passé par la baie vitrée, a parcouru le salon tête baissée, et il a monté l'escalier. Maman et Mamie ont continué à éplucher les fruits, et Mamie, devant le saladier de Maman, a lancé : c'est pas comme ça qu'on épluche une pêche.

Je suis montée aussi peu après la fin de la partie de Serpent, et je l'ai vu, là, sur le balcon du deuxième étage où nous jouions parfois à courir l'un derrière l'autre. De là-haut, nous criions Hé oh ! aux parents à la table de la terrasse. Lorsqu'ils levaient la tête, nous nous baissions d'un coup, nos visages à demi dissimulés par les balustres. David était assis contre le garde-corps, les genoux entre les bras. Quand il m'a vue, il a plaqué les paumes sur ses yeux. Il a dit : je veux pas te voir. Je me suis plantée devant lui, j'ai fait : hé, David. Hé David. Hé David, tu veux jouer ? Il a répété : je veux pas te voir, alors je me suis mise à faire des claquettes. Très tôt, j'ai déployé pour David tout un tissu d'offrandes, des numéros de music-hall avec du mime et des chansons, des pirouettes. J'étais le clown et la magicienne, la gymnaste, je me contorsionnais pour ses yeux tristes – je sentais sous mes plantes de pieds la brûlure des claquements renouvelés jusqu'à saigner pour lui, en face de moi sur le balcon, et qui ne pleurait pas, non, qui riait, qui riait parce que je dansais. Ça marchait à tous les coups. Pour les autres, il fallait des heures pour venir à bout d'une tristesse de David, mais pas pour moi. Devant mes pitreries, il finissait toujours par pouffer. Quand nous étions tous les deux, David riait souvent, voilà, il riait même beaucoup – mais si je l'avais dit, qui donc m'aurait crue ?

Hé David, je suis un clown, hé David, je suis une acrobate, hé David, je suis un mime. Il écartait les doigts et il gloussait un peu, puis il détournait le regard en contractant la bouche pour ne pas que je le voie rire. C'est alors que j'ai ouvert les bras comme deux grandes ailes et j'ai dit : hé David, je suis une grive, regarde, David, je suis une grive. Il a levé des yeux brillants vers moi. Il a dit : une grive ? J'ai dit : oui, une grive, et toi, t'es un train. Il a alors éclaté d'un rire sonore et ce rire que je pensais avoir perdu à jamais m'a rendue invincible. J'ai dit : regarde ! J'ai escaladé le garde-corps, je suis montée dessus. Mes pieds pendaient dans le vide – hé attention, Olive, a dit David en se levant. Regarde, David, je suis une grive, criais-je en battant des ailes, et David me tenait par la taille, il riait : et moi un train, et je disais : oui, toi, un train, et tu iras en Espagne. Nous riions si fort que les regards de Maman et de Mamie à la table du jardin se sont levés vers nous. Olive ! a crié Maman. Et elle s'est ruée dans la maison. Je suis vite descendue du garde-corps et nous avons attendu là, le bruit de ses sandales claquant dans l'escalier. Maman est apparue hors d'haleine, son visage pâle et déformé qui criait : laisse ta sœur tranquille, espèce de diable. Elle a saisi David, elle l'a secoué, elle a dit : qu'est-ce que tu lui fais faire, qu'est-ce que tu lui fais faire, et David criait, c'est pas moi, c'est pas moi. Je ne sais pas si j'aurais dit quelque chose si Maman ne s'était pas jetée sur moi pour me serrer, me couvrir de baisers, me dire : ma douce petite fille, ma parfaite petite fille. Peut-être aurais-je parlé. Mais je recevais les baisers de ma mère et ceux-ci me rendaient vedette, danseuse, magicienne, acrobate et mime, et il est bien connu que les mimes se taisent.

20

D'aussi loin que je me souvienne, pour Maman, David avait toujours eu son diable. D'aussi loin que je me souvienne mais aussi avant la mémoire, puisque Maman racontait toujours que même ses larmes, lorsqu'il était nourrisson, n'étaient pas normales. Un médecin lui avait diagnostiqué elle ne savait quel reflux dans l'œsophage, et voilà qu'il braillait sans cesse la nuit, le jour, et même cette soirée où, pour présenter les enfants et la nouvelle maison achetée par sa mère, elle avait invité les amis de l'école de théâtre. Nous avions trois mois. Moi, je n'avais pas bronché, mais David avait tant pleuré que personne ne s'entendait parler. Maman avait dû faire des allers-retours incessants entre le salon et la chambre. Les cris s'amplifiaient avec l'heure qui avançait. Tu t'en souviens ? demandait-elle à Papa, et à Papa qui répondait non, elle soupirait : évidemment, c'est à se demander si t'étais là. J'étais là quand même, bafouillait-il, mais Maman le coupait sec et reprenait son récit. Il me poussait déjà à bout, le petit. Tout le monde disait qu'ils étaient fous d'avoir abandonné leurs rêves à Paris et d'être allés vivre à deux pas de chez Mamie. Au dîner, tandis que David hurlait, les amis se remémoraient le studio que Papa et elle avaient loué quand ils avaient su pour la grossesse – un nid où construire leur petite famille, débordant de plantes en pots et dont la bande de joyeux lurons avait peint un mur en bleu un dimanche d'automne, manquant dix fois de se casser une jambe à cause de l'échelle branlante, ou peut-être à cause du vin. L'endroit était dans la rue du théâtre où, tous ensemble, ils allaient monter une pièce, et Maman criait partout qu'elle jouerait jusqu'à la veille de l'accouchement. Puis on avait su pour les jumeaux et Mamie avait décrété que tout ça était ridicule. Le caprice avait assez duré, on n'accueillait pas des enfants comme ça. Elle avait acheté la maison et donné des ordres de virement à la banque. Papa et Maman avaient quitté la troupe. Ils s'étaient installés près de chez elle. C'était la bonne chose à faire. Mais les amis, eux, pensaient encore que c'était dommage, pour Maman qui avait toujours dit haïr le Loiret de son enfance, et avec son histoire de reflux, on aurait dit que David voulait leur donner raison. Les amis étaient partis avant le dessert en promettant qu'ils reviendraient. Il avait fallu des mois à nos parents pour les faire revenir dans ce lieu d'exil qu'ils juraient formidable. Ils confiaient David à Mamie le temps d'un déjeuner. Pendant deux ou trois heures, j'étais seule avec eux sur la carte postale. Et lorsque Mamie ramenait mon frère, il tendait les bras vers notre mère comme un drogué, il plaquait sa bouche pleine de bave contre son nez et ses joues – enfin, racontait-elle, il la poussait à bout.

Il faut imaginer ça : un enfant lancé dans une course furieuse entre les fauteuils et les vases d'une maison. Il court peut-être pour révéler que le parquet grince. Je me souviens de ces samedis matin où, alors que nous regardions un film en famille à la télé, nous entendions le tintement des clés de Mamie dans la serrure. Elle possédait trois doubles, au cas où. Ne bougez pas, murmurait Mamie en refermant la porte, faites comme si je n'étais pas là. Les paroles du miroir magique de la Reine-Sorcière à l'écran se couvraient alors de toute une série de grincements, de cliquetis et de robinetterie glougloutante car Mamie, en déposant dans la cuisine un gratin qu'elle avait fait pour nous, trouvait régulièrement que l'eau coulait mal dans l'évier et s'employait à en démonter le siphon. Puis elle organisait nos placards, empilait les casseroles. Elle soupirait fort que c'était mal rangé. Nous n'entendions plus rien du dessin animé. Et David s'énervait : Mamie fait du bruit, elle fait du bruit. Tais-toi, disait Maman en serrant les dents. Tais-toi, elle ne fait pas de bruit. Si. Non. Je te dis qu'elle ne fait pas de bruit. Mais mon David criait : Mamie, tu fais du bruit. Maman lui donnait une tape sur la main. Il faut toujours que tu gâches nos moments en famille. David était pris alors d'une rage terrible. Il arrachait la cassette du magnétoscope, il déchirait la bobine. Bien sûr, Maman le traitait de fou. Aussi consacrait-elle, pour notre maison bancale, un coupable éternel.

Maman aimait raconter que, tout petit, si elle pleurait en coupant un oignon, David venait tirer sur sa jupe, chouiner, attraper ses mollets. Tu pleures, Maman, tu pleures ? il répétait, et elle devait lui expliquer cent fois que non, elle ne pleurait pas, tout allait bien, tout allait, ici, parfaitement bien. Pourquoi il fallait toujours qu'il vienne tout commenter, ce gosse. On ne lui avait pas demandé les sous-titres. Elle finissait par l'éloigner d'un coup de talon. Il en pleurait beaucoup. Il criait et se roulait par terre. Les vases tremblaient. Et du cercle de ses bras, Maman protégeait les vases plutôt que l'enfant. Les mères sont parfois faites du même argile que les vases : si les uns se fissurent, les autres se brisent.

Qu'est-ce que tu as sur le nez ? C'est lui ? enquêtait-elle encore trois ou quatre ans plus tard, un dimanche matin d'hiver dans son lit, comme je m'étais levée avec les narines rougies par un rhume. Elle m'avait attrapé les oreilles, avait approché mon visage du sien et inspecté la peau irritée des ailes de mon nez. Ce n'est pas normal que ça pèle autant, Olive. C'est lui ? Dis-moi la vérité, c'est lui ? Je sentais mon frère remuer de l'autre côté de ma mère. Il bougonnait tout doucement : bah non, c'est pas moi, comme pour lui-même et entre deux reniflements ; lui aussi avait éternué toute la nuit, son nez pelait autant que le mien. Quand Papa était rentré de son jogging, il n'avait pas eu le temps de monter prendre une douche que Maman dévalait l'escalier en me tirant par le bras. Elle lui plaquait devant les yeux mes cavités nasales en manœuvrant ma tête par la racine de mes cheveux. Papa plissait les yeux, prenait un air très solennel dans son collant en lycra vert fluo. Il osait : je crois qu'elle est juste enrhumée, tu sais. Maman avait lancé des regards haineux à David toute la journée en me tartinant la figure de vaseline. Mon frère, au coucher du soleil, s'était mis à courir vers la grille et Maman avait dit : mais il a un problème, ce gosse. Voilà, il faut imaginer ça : un enfant lancé dans une course furieuse entre les fauteuils et les vases d'une maison pour ne pas se laisser engloutir par elle.

21

Le soir, après les douches, les parents fumaient des cigarettes sur la terrasse, buvaient du thé ou de la bière pendant que tous les enfants se tenaient en soldats sur l'estrade du salon : nous préparions le spectacle de fin d'été. Mathilde était notre cheffe, secondée par Inès ma cousine perroquet qui répétait religieusement chacune de ses instructions sévères sur nos pas et nos placements. On tourne sur la gauche, disait Mathilde, et immédiatement venait, avec un petit accent espagnol, son très fervent écho – oui, on tourne sur la gauche ! Le spectacle était chaque année très bien organisé : les grandes se déployaient en ondulations, jetés dramatiques, rythmes syncopés et dangereuses pirouettes au son des tubes de l'été tandis que David, Benjamin et moi leur servions de décor en effectuant quelques gestes sibyllins tout au fond de la scène. Du fait de mes progrès en danse classique, j'ai cet été-là été surclassée en rejoignant la chorégraphie de Britney Spears où mon rôle consistait à jouer le rai de lumière que Mathilde et Inès se renvoyaient à grands lancers de bras dans une danse futuriste. Du reste, nous autres étions cantonnés à l'ornement, à l'exception d'un numéro à trois dont le principe général était de se placer en ligne et de secouer trois minutes avec la main droite, puis avec la main gauche, les maracas qu'Inès avait rapportées de chez sa mère. Nous répétions ainsi chaque soir avant le dîner. Les adultes passaient de temps en temps, comme Papa qui allait chercher des glaçons dans la cuisine ou Maman qui parfois disait aux autres : je reviens tout de suite. Et elle montait l'escalier. Depuis la première marche, elle me lançait un regard attendri, moi qui arrivais si bien à reproduire les gestes imposés par mes cousines. Benjamin se débrouillait aussi, mais David levait le mauvais bras, avait dix secondes de retard, tournait trois tours au lieu de deux. Il gesticulait hors d'haleine, le visage mouillé de sueur et les yeux très inquiets. Son ventre nu, arrondi par tous ces Magnums triple caramel, tremblotait dans l'agitation et en face de lui, Mathilde glissait les mains sur son visage en regardant le plafond comme pour demander son aide au dieu des chorés de l'été.

À la fin du mois d'août précédant notre entrée au CM2, ce fut enfin le jour du spectacle, et David n'avait toujours rien retenu. Un, deux, trois, quatre, un, deux, trois, quatre, faisait encore Mathilde longtemps après la fin des répétitions, tandis que mon David remuait comme un fou les bras et les jambes, haletant et difforme – quelques jours plus tôt, une abeille l'avait piqué à l'œil pendant un déjeuner à la plage et sa paupière avait gonflé au triple. On aurait dit Quasimodo. Moi, sur la banquette et en bâillant, je dessinais pour lui un train qui filerait droit, droit, droit par-dessus la mer jusqu'à une autre terre. Mathilde avait fini par baisser les bras, l'heure avançait – c'était le moment d'enfiler nos costumes. Nous avons grimpé les marches vers la mansarde dans un grand tapage. Sur le chemin, j'ai vu, par la porte de sa chambre, ma mère étendue sur son lit.

Elle faisait cela parfois. Aux amis de Paris lors des déjeuners à la maison, aux frères de Papa pendant les vacances d'été, elle disait : je reviens tout de suite. Elle rejoignait sa chambre et elle s'allongeait, les bras en croix, le regard au plafond comme une morte, ou bien sur le côté, les yeux à ce point rivés sur la fenêtre que je craignais parfois qu'elle ne s'y jette. David montait déjà le deuxième escalier vers la mansarde mais il m'a vue devant la chambre de nos parents. Il a fait demi-tour, il s'est tenu derrière moi, et avant même qu'il ne puisse remuer, dire « Eh, mais c'est Maman », et appeler notre mère comme il aimait le faire à la seconde où il la voyait, je lui ai saisi le poignet. J'ai chuchoté : non, David. C'était notre divergence la plus absolue, avec David, et celle peut-être qui a sauvé ma peau et a donné la sienne aux loups : lui désirait la réveiller, et moi la maintenir endormie.

Avec les cousins sous la mansarde, surexcités, nous fouillions dans les vieilles malles d'une certaine grand-mère de plage que Papa aurait connue, et pour laquelle David et moi peinions à trouver des preuves historiques sérieuses, à l'exception de ces malles toujours recouvertes d'une fine pellicule de poussière et d'une photographie très abîmée sur la table de chevet de notre grand-père de plage. Dans le cadre, la dame aux grands yeux noirs ressemblait à s'y méprendre à Chenipan, ce qui nous inquiétait beaucoup puisque c'était un Pokémon très inutile et que nous n'aimions pas l'idée d'en être les proches parents. Du reste, les malles de notre ancêtre Pokémon regorgeaient d'étoffes qu'avec les cousins nous tirions, tordions, nouions et dispersions autour de nous dans un vacarme débridé. Mathilde, en robe de soie bleu nuit et un tube de rouge à lèvres coincé entre les dents, fermait les boutons d'une longue chemise en lin portée par Benjamin, tandis qu'Inès, qui transpirait sous un manteau de fourrure, serrait autour de ma taille une jupe en tulle blanc à l'aide d'une pince crabe. David avait enfilé une tunique en organza rouge transparent à manches bouffantes. Elle lui arrivait aux genoux et laissait apparaître son slip Superman. Bientôt, ce fut le maquillage et la coiffure par les grandes dans la salle de bains attenante, avec rouge à lèvres pour tout le monde, sauf pour Benjamin dont, apparemment, l'entière identité de garçon pouvait s'en trouver anéantie. Mathilde avait placé sur ma tête rousse une couronne de feuilles et Inès avait lissé les cheveux de David à la gomina.

Nous sommes redescendus tout fiers, prêts à reprendre une dernière fois les répétitions en conditions réelles, et nous avons trouvé Maman dans le salon, comme si elle n'était jamais allée s'allonger en cadavre sur son lit pendant vingt minutes. Elle avait déjà habillé d'une nappe blanche une longue table venue de nulle part, peut-être du pays où elle-même partait parfois en secret – nous donnerions le spectacle à l'occasion d'un grand dîner avec tout un tas d'amis. Maman déposait sur la table des plats en porcelaine de Limoges, des cuillères massives en argent, des couteaux à bout rond. De chaque côté, elle plaçait de hauts bougeoirs en laiton doré. Ses longues boucles rousses effleuraient le plateau de verre tandis qu'elle arrangeait des bouquets d'hortensias ; enfin, elle était sensationnelle. Tu es sensationnelle, lui disait sa belle-sœur en passant près du buffet qu'elle façonnait en artiste, et me venaient alors toutes ces fois où, dans notre maison haute, elle confectionnait, décorait, disposait. Maman la bouche en cœur, Maman son chignon bas couleur du jus d'une mandarine et d'une fraise, et son long cou, et le mouvement de son poignet, si lointaine et si étrange en accrochant au mur un dessin à l'encre tout juste encadré, en coupant à l'emporte-pièce des morceaux de sablé dans de la pâte étendue sur le comptoir de la cuisine, en cherchant la place idéale pour cette lampe Art déco en céramique chamottée qu'elle avait trouvée pour presque rien dans une brocante. On lui disait : tu es vraiment une publicité pour devenir mère, et on riait en notant que finalement, actrice, elle l'était devenue un peu, d'une certaine manière.

Chaque jour Maman versait sur nous son inutile beauté d'actrice, et ce jour-là, dans la lumière finissante de l'été, en dressant un buffet à la maison de plage pour le spectacle des enfants, son visage de madone était si souverain, si impeccable, si immobile, qu'il m'est venu une seconde l'envie de le griffer en hurlant, d'en écorcher la peau à la pointe acérée de mes ongles teints de sang. J'en aurais extorqué une vérité enfouie. Je ne l'ai pas fait, bien sûr. Mais David l'a peut-être fait pour moi et pour nous tous. Il s'est jeté sur notre mère, il a tiré sur sa robe blanche, il a dit : Maman, Maman, regarde mon costume. Maman déposait maintenant sur la nappe des petites pierres en nacre, elle a baissé le regard vers son fils ravi, avec sa tunique transparente, son rouge à lèvres, sa gomina. Elle a eu un sursaut. Mais tu es monstrueux. Elle a regardé autour et, dans un fauteuil du salon, un magazine sur les genoux, Mamie aussi le regardait. Maman a murmuré, la mâchoire serrée : enlève-moi ça tout de suite. Elle a tiré d'un coup sec sur sa tunique et, dans le même temps, sur son drame personnel, elle qui aurait accompli à la perfection sa famille de publicité si son fils ne détruisait pas tout ce qu'elle construisait. Quelques minutes plus tard, mon frère courait partout dans son beau costume, et ma mère le poursuivait dans le salon avec une lingette démaquillante.

Je n'ai pas tout vu, j'ai juste entendu. Je répétais mes pas avec Mathilde et Inès sur l'estrade, j'entendais la musique, les cris de David qui courait, ceux de Maman qui disait : enlève-moi ça, enlève-moi ça, et j'ai aussi entendu Mamie dire : tu pourrais tenir ton fils, quand même. J'ai cru sentir que David se figeait, mais moi, je ne l'ai pas vu saisir le couteau. C'est Inès qui me l'a dit, qui m'a dit tu sais, il s'est arrêté de courir, et là, il a marché vite jusqu'à la table, il a pris un couteau. Il s'est retourné et là, il l'a attaquée. J'ai vu seulement mon frère, couteau à la main, s'élancer vers les fauteuils, où Mamie lisait assise et où Maman, debout, le regardait, sidérée. Quand il s'est approché, elle s'est tendue, elle a croisé les bras en bouclier devant sa poitrine, mais c'est vers le cœur de Mamie qu'il a planté le bout rond du couteau. Pourquoi t'as attaqué Mamie, j'ai demandé quelques heures plus tard, et David m'a répondu : bah, je sais pas, moi.

Dans le tapage qui a suivi, l'arrivée des frères de Papa, le récit de Mamie qui montrait sa poitrine intacte en sanglotant, les hurlements de Maman debout devant David, qui disait : moi aussi, l'année dernière, il m'a attaquée à Grez, je n'ai entendu que mon frère qui répétait : mais Maman. Mais Maman, faisait-il tandis qu'elle criait qu'il n'y avait pas de mais. Ce Maman-là, c'est un des sons que j'ai gardés de lui. C'était peut-être la seule intonation valable pour l'autre nom de sa détresse. C'était le Maman de l'amour désespéré d'un petit garçon prêt à poignarder pour la sauver.

Tu es né diable, tu es né comme ça, tu es né comme ça, criait Maman. Il recevait ainsi crachée du haut de notre mère la fausse tragédie de sa naissance. Ces cris-là n'ont pas laissé de trace visible mais je crois qu'ils ont infesté les murs. Longtemps, j'ai pensé que la bâtisse du Sud, après notre départ, avait dû souffrir des ecchymoses de notre passage. J'espérais que notre grand-père de plage ne s'appuie jamais d'une main trop leste contre une cloison endolorie.

22

Entre les murs d'une maison haute au bord du Loing, démarrait chaque soir une fanfare aux alentours de dix-huit heures, quelque part au premier étage – dehors, au son des hurlements, les étourneaux fuyaient la mangeoire dans de brusques battements d'ailes. C'était la fanfare de la douche. Dans ma chambre, je démêlais doucement mes cheveux mouillés avec la brosse violette et contemplais mon frère dans le couloir. Ma mère s'ingéniait à le traîner dans la salle de bains que je venais de quitter. David refusait la douche tous les soirs. Maman finissait par le tirer par les pieds et, tandis que je chatouillais mon crâne avec les picots en plastique, je voyais celui de mon frère glisser sur le plancher et disparaître. Je passais parfois devant la salle de bains, je l'apercevais. Il était debout dans la cabine, les bras ballants sous le frottement énergique du gant de toilette de ma mère. Il sanglotait. Pour le faire taire, Maman actionnait l'eau froide. Plus tard, sur le canapé, ma tête parfaitement nattée sur les genoux de Papa, je caressais du bout du pouce la manche de mon pyjama, je faisais basculer la lumière sur les poils du velours ; à la télé, Ronaldo frappait dans un ballon argenté à l'intérieur d'une cage au son d'Elvis Presley, mon père disait : exceptionnelle, cette pub, et au-dessus de nous, les pleurs de David rincé à l'eau glacée faisaient encore fuir les oiseaux.

Mon frère pleurait avant la douche et il pleurait après. Peigné et parfumé au Tahiti à la vanille Bourbon, il enfouissait son visage dans l'oreiller et il répétait : remets-moi sale. Et tous les soirs jusqu'au dîner, c'était la tragédie que la douche ait eu lieu. Longtemps, je n'ai pas compris pourquoi il demandait à redevenir sale alors qu'être sale lui faisait tant de peine. Il l'était, c'était une vérité admise : Maman le répétait chaque jour. Lorsqu'elle nous trouvait dans la salle de bains en train de nous asperger des parfums Mickey et Minnie offerts par Mamie, elle lançait : David, ça ne sert à rien de se parfumer quand on est sale. Et mon frère qui sentait l'orange et le sucre reposait tristement le flacon à oreilles rondes sur le lavabo. Maman lui décapait donc tous les soirs la peau au gant de crin. À neuf ans, il ne savait toujours pas se doucher tout seul. Il y avait toutes ces choses que David ne savait pas faire et dont il me marmonnait parfois la liste : mes lacets, je sais pas les faire, du vélo, je sais pas en faire, mettre mes Méduse, je sais pas, lire l'heure, j'arrive pas, nager, j'oublie toujours, prendre une douche, je sais pas comment on fait.

Vers nos six ans, Papa s'était coupé à l'avant-bras avec la scie sauteuse de ses boomerangs. Maman avait dû filer avec lui aux urgences pour des points de suture et Mamie s'était occupée de nous. Elle nous avait envoyés tous les deux sous la grande douche aux carrelages à motif de vagues et elle avait versé dans nos paumes tendues la bouteille d'un litre de savon de Marseille. Puis elle avait dit : vous frottez fort, je reviens. Nous l'avions entendue téléphoner du rez-de-chaussée : alors, tout va bien ? Dans la douche, David m'avait regardée tout penaud, le gel dans les mains. J'avais dit : c'est facile, David, tu en mets partout, comme ça – je lui avais montré. Il m'avait imitée, il s'était enduit de savon. C'est dommage, moi, je sais pas comment on prend une douche, c'est dommage, disait-il en se frictionnant. La cabine sentait l'huile d'olive et le savon faisait sur nous de grandes bulles aux reflets bleu-vert. Comme notre grand-mère tardait à revenir, nous avions ensuite décroché le pommeau de douche pour nous rincer. Mon frère étalait tout seul du savon, se rinçait lui-même avec le pommeau et il répétait encore : c'est dommage, moi je sais pas comment on prend une douche, c'est dommage.

Entre les murs d'une maison haute au bord du Loing, chaque soir démarrait une fanfare aux alentours de dix-huit heures, quelque part au premier étage. Et chaque soir, je passais devant la salle de bains avant de descendre l'escalier. Ma mère arrachait le pommeau des mains de mon frère. Elle disait : tu ne sais pas le faire, je te dis que tu ne sais pas le faire. Maman savait bien ce que David savait faire ou pas. Quand la maîtresse de CM2 avait proposé de garder mon frère une heure après l'école pour bien lui expliquer comment lire l'heure, Maman avait décliné. Il n'y arrive pas, vous savez. Il y a des gens qui n'y arrivent jamais. Mais ce n'est pas grave, aujourd'hui, il y a les montres numériques. Et lorsque le matin, David saisissait son t-shirt pour l'enfiler, elle l'arrêtait : non, tu vas faire n'importe quoi. Et mon frère se laissait peu à peu retirer son autonomie. Le vélo non plus, ce n'était pas la peine. Nous étions beaucoup tombés tous les deux, le jour où nous avions essayé nos vélos de grands pour la première fois. Au bout de quelques chutes et impulsions de Maman, j'étais parvenue à un vague équilibre, mais David, lui, tombait encore. Il tombait tant qu'il perdait patience, écrasait du talon la roue arrière du vélo échoué dans l'herbe, et geignait : mais Olive, tu fais comment, tu fais comment. Il essayait encore, tombait de nouveau, pleurait. Allez, stop, avait dit Maman après l'avoir poussé une cinquième fois. Elle avait porté le vélo jusqu'au local de Papa. Prends ça, pour ton prototype. Il n'y arrive pas, de toute façon, c'était couru d'avance qu'il n'y arriverait pas. Papa avait créé un vélo couché passablement raté sur les ruines de ce rapt et David, étranglé à la muselière des inaptes, n'avait jamais appris. Ainsi garde-t-on sous scellés les enfants fous.

Au retour des vacances d'été, je passais devant eux dans la salle de bains comme d'habitude, et comme d'habitude, Maman disait : tu ne sais pas le faire. D'une main, elle lui maintenait les bras dans le dos. De l'autre, elle lui arrosait le visage. Mon frère crachait par le nez l'eau et tout un tas de mucosités. Je te dis que tu ne sais pas le faire, répétait Maman sans cesser de pointer le pommeau sur le visage de David. Dans le naufrage, mon frère toussait, hoquetait, tentait d'aspirer un filet d'air dans un grand crissement guttural. En descendant l'escalier dans mon pyjama en velours pour rejoindre mon père, les effluves du Tahiti à la vanille Bourbon sur ma peau m'ont soudain écœurée, et pour la première fois, j'ai voulu moi aussi qu'on me remette sale.

23

Maman a commencé, au retour des vacances, son grand plan de surveillance.

Elle ne nous quittait plus. Si nous lancions le boomerang depuis l'escalier extérieur, ses grandes jambes dépassaient de la porte donnant sur le couloir tandis qu'elle nous observait installée dans un fauteuil. Attention, David, faisait-elle chaque fois que son tour venait. Et la force de David contenue dans son élan s'en trouvait amputée. Le boomerang tombait, lourd et lent, sur l'herbe du jardin. Dans le salon aussi, Maman était là, à se vernir les ongles à dix centimètres de nous alors que nous enchaînions de tièdes parties de Puissance 4. Nous parvenions à oublier un instant son regard, tout concentrés sur les lignes possibles de nos pions, mais très vite, il venait peser sur nos épaules et alourdir nos gestes. Nous bougions lentement, comme empêchés par un couvercle. Lorsque mon frère saisissait son pion rouge, elle répétait : doucement, David. Et David, tout perturbé, le glissait n'importe où sur la grille, et il perdait. Je devais le lui dire, car il ne se rendait pas vraiment compte que la partie était finie. David, t'as perdu. Ah, faisait-il en jetant un regard anxieux à Maman. J'étais libre d'aller jouer ailleurs, et plus le temps passait, plus j'usais de ce privilège. Mais si je répétais, par une après-midi d'octobre, ma chorégraphie de danse classique toute seule dans le salon, j'entendais tout de même un « Doucement, David » robotisé du fond de la pièce. La voix de Maman me parvenait depuis l'unité 2 du babyphone posé sur le buffet de l'entrée. L'unité 1 se trouvait tout en haut de notre armoire, dans notre chambre. Maman avait débarqué avec l'appareil juste après notre premier jour de CM2. J'entendrai tout ce que tu fais, David, avait-elle dit en éventrant l'emballage en carton au couteau de cuisine. J'entendrai tout ce que tu dis.

Mon frère a rapidement été frappé d'une sorte de fatigue. Avec la présence constante de notre mère, ses paupières se sont doucement affaissées ; puis, pendant les neuf mois qui nous ont séparés de la Nuit, l'arceau blanc par-dessus son iris m'est demeuré secret. Dans son lit, il me chuchotait parfois que c'était comme avoir sur soi mille milliards d'yeux. Mille milliards d'yeux sur sa peau nue qui la lui grignotaient – alors ça ne m'étonnait pas qu'il soit si épuisé. Dès novembre, il ne s'est plus approché de la grille, puisque ses membres nouveaux, plus flasques qu'auparavant, ne savaient plus courir. Ils n'auraient pas tenu une seconde sur le fer forgé et on aurait retrouvé mon frère amorphe et blessé sur le sol en pierre. On l'aurait retrouvé cinq heures plus tard, ou une année entière, car désormais mon frère ne criait plus. S'il voulait quelque chose, et il en voulait peu, un filet de voix faiblard s'échappait de sa lippe livide. Il marchait très lentement jusqu'à l'école, en revenait lentement aussi. Il se laissait habiller, doucher, coiffer et promener par Maman sans broncher, la bouche toujours à demi ouverte, les bras toujours ballants.

La maison était très calme ; Maman était d'excellente humeur. Elle venait nous chercher à la sortie de l'école avec deux tranches de cake dans un écrin de plastique lisse au rabat collant qu'elle découpait elle-même. Elle nous embrassait le front, nous tendait les gâteaux et contemplait, avec un doux sourire de statue de marbre, ces mères en retard et débraillées qui nous contemplaient nous, les adorables mangeurs calmes et propres abrités sous le monument de cette beauté de théâtre. David mâchait la bouche fermée, il ne faisait aucune miette. Une fois à la maison, nous passions des heures à colorier sans dépasser. Je surprenais parfois le regard satisfait de Maman, lancé à Mamie qui buvait son thé. Dans le silence de la maison, on n'entendait plus que les bruits lointains des trains et l'aspiration humide au bord des lèvres de ma grand-mère. Quand les amis de Paris venaient déjeuner avec le bébé que David n'avait pas le droit d'aimer, ni mon frère ni moi n'allions l'embrasser. C'était le petit qui claudiquait jusqu'à nous. Il avait grandi, il babillait nos prénoms. Pour Olive, il disait : live ; pour David, il disait : vide. David détournait le regard. Ses yeux finissaient plantés dans ceux de Maman qui, depuis la table de la salle à manger, le scrutait. Et les amis de commenter : tu es sensationnelle. Et Maman baissait les yeux avec un sourire humble. Il y avait eu un temps où je voyais encore l'air gonfler les cheveux fous de David, tandis qu'il courait avec moi entre nos murailles en éclatant de rire. Mais il n'y avait plus de rire, et il n'y avait plus d'air, comme nous bougions à peine ; il n'y avait même plus de cheveux. Maman le tondait elle-même, maintenant, à la Remington dernier modèle à lames tranchantes, rapportée des États-Unis.

David était guéri de son diable, tout le monde était ravi. J'ai encore l'image de son visage dévitalisé devant Maman préparant ma valise avant la classe de neige. Sa combinaison de ski *Thomas la locomotive* pendillait dans l'armoire grande ouverte – lui n'irait pas, comme il n'était pas non plus allé aux anniversaires depuis la rentrée scolaire. C'est comme ça, disait Maman. Si tu poignardes les gens, je dois te surveiller. J'ai ensuite passé cinq journées de décembre à glousser sur mon lit superposé avec ma copine Camille et je suis revenue les pieds flottant à deux centimètres au-dessus du sol, parce que Arthur, à la fête du dernier soir, m'avait invitée à danser un slow et j'avais dit oui. J'ai retrouvé mon David allongé devant les Delajungle, la bave perlant sur le coussin du canapé, exactement comme je l'avais laissé. Nous nous sommes regardés un instant. Ses yeux vitreux ont alors aspiré tout de mon ski, le bout du nez glacé, les secrets chuchotés entre les lits, les pieds se tordant pour entrer dans les moon boots et les mains d'Arthur liées contre ma nuque pour me modifier pour toujours, sous le nimbe des murmures excités et jaloux. Tout ça n'avait plus d'importance, puisque mon frère était là, et que pendant cinq jours je l'avais oublié. J'ai demandé : tu veux jouer ? Il a répondu d'accord et nous sommes allés jouer dans notre chambre sans évoquer le ski avec, tout au-dessus de nous, le babyphone qui tendait l'oreille. Nous avons joué calmement puisque David était guéri. Tout le monde était ravi.

24

Des siamois, la nuit, ronflaient de concert, leur peau cousue au niveau des index rejoints sur la table de chevet. L'un inspirait et l'autre soufflait, l'autre soufflait, l'une inspirait. À gauche, le drap gonflait sur la montagne du ventre, et à droite, c'était la vallée. On aurait dû dormir en cadence comme ça pour toujours, on aurait donné son pouls à la terre. Mais le jour arrivait. Les jumeaux ouvraient les yeux et tout alors se désaccordait. Si l'on s'était approché d'eux, si l'on avait bien regardé, on aurait vu, au bout de leurs doigts, la minuscule entaille née de la déchirure.

Sans les cris de mon frère, nous vivions dans une maison nouvelle, plus vaste, plus vide. Maman s'est naturellement mise à la combler de meubles. Semaine après semaine advenaient ses grandes marées d'embellissement, qui recouvraient le canapé de coussins et les murs d'aquarelles et qui, comme les grands froids, pénétraient jusque dans notre chambre. Près de mon lit, elle avait déposé une haute psyché en bois devant laquelle il était attendu que je danse. Car, pour couvrir le silence, elle s'agitait, remeublait, invitait les amis de Paris trois fois par semaine, dans une jubilation d'enfant qui atteignait son point d'orgue lorsqu'elle leur montrait la brochure de l'opéra où elle me rêvait petit rat. Elle ne me parlait plus que de ça. Mamie désapprouvait cette histoire de concours pour devenir saltimbanque, comme elle désapprouvait ce miroir choisi par ma mère sans la consulter. C'est ma maison et c'est ma fille, lui répondait Maman, pleine d'une neuve rébellion. Je fais ce que je veux avec. Neutralisé, David laissait la place à ces poupées russes, se dévorant les unes les autres jusqu'à moi, quand autrefois, ses cris dessinaient des détours sur leur chemin. Ainsi dansais-je chaque jour en bouffonne devant la psyché pendant que sur son lit, mon David somnolait. Ma petite vedette, soufflait Maman derrière moi, et dans le reflet, pendant une arabesque, je contemplais la réplique agrandie de mon visage qui, avec un léger tremblement de surprise, croisait son propre regard juste au-dessus du mien.

Parfois, Maman m'arrachait au miroir, me renversait sur le lit et m'embrassait frénétiquement la joue. Elle me murmurait qu'un jour on partirait toutes les deux, rien que toutes les deux. On courrait main dans la main vers la grille de la maison, on s'en irait en riant sans se retourner, libres et désobéissantes. On boirait des chocolats chauds dans des cafés de Paris. Les gens nous prendraient pour des sœurs jumelles. David, sur le lit d'à côté, cillait à peine, puisqu'il suffisait qu'il frotte sur mon épaule les derniers lambeaux collants et noircis d'une vieille décalcomanie pour que Maman lui assène : ne touche pas à ta sœur, tu vas lui faire mal, espèce de brute. Et lorsqu'au moment du coucher, je quittais l'écrin maternel en deçà du monde, et revenais à la surface des frères, il ne me disait rien non plus. Il faisait avancer un petit train sur des rails invisibles au-dessus de son visage. Maman éteignait la lumière, nous fermions les yeux. Alors les siamois se cousaient par l'index pour avaler l'espace entre leurs deux lits ; un ventre gonflait en montagne, un autre se creusait en vallée. Imagine, Olive, le jour où je serai un train. Imagine, Olive, t'as imaginé ? J'imaginais très bien. Jusqu'à la Nuit, je n'ai fait que ça, imaginer. Dans notre petit monde ferroviaire, tout marchait et cliquetait et avançait en harmonie, comme nous. Je lâchais les freins, mon David fonçait dans le monde. Je disais : attention, un obstacle, et il ralentissait.

25

C'est bizarre, je ne le retrouve pas, ton chouchou, a dit Maman en fouillant dans la trousse près de la vasque, cinq mois avant la Nuit. Elle brossait mes cheveux avant l'école, devant le miroir de la salle de bains tandis que distraitement j'ouvrais et fermais le soufflet d'un leporello. Nous revenions des vacances de Noël. J'avais appris à fabriquer des leporellos pendant les fêtes, dans la rubrique Astuce de mon *Minnie Mag*. Au bureau de notre chambre, David me tendait mollement le compas, je perçais des trous dans le papier Canson, David me tendait l'équerre, je traçais des repères, puis je réalisais le pliage dans une telle concentration que Maman débarquait inquiète de ce silence plus long qu'à l'accoutumée dans le babyphone. Ah, disait-elle, soulagée. Tu fais juste ton leporello. J'en avais conçu des dizaines sur tous les aspects de ma vie et le plus beau, lourd de vingt pages avec couverture cartonnée et décorations en strass, était bien sûr mon leporello biographique, commencé donc à neuf ans et demi à destination de mes fans lorsque je serais une star. J'avais pris une petite avance sur le temps en y racontant, à grand renfort de dessins et de textes au feutre, mon ascension vers la célébrité, mais aussi l'histoire de mon couple avec Arthur, depuis notre slow en classe de neige jusqu'à notre mariage. Tu dessines quoi, Olive ? demandait David dans son lit tandis que sur le mien je griffonnais les miaulements de mon amour secret. Je masquais l'œuvre derrière la cloison de ma main : rien, je répondais. Ma biographie officielle avait été achevée durant les derniers jours des vacances et c'était elle que je manipulais devant le miroir tandis que Maman me coiffait. Comme des dizaines de mes affaires, ce leporello disparaîtrait bientôt.

David, tu l'as vu, toi, le chouchou d'Olive ? a crié Maman la tête tournée vers la porte. Un non épuisé de mon frère se traînait vers nous depuis la chambre. Maman regardait autour, l'air dépitée. C'était un chouchou vert acheté sur le marché près de la maison de plage et qui devait parfaire mon projet de queue-de-cheval haute pour mon rendez-vous avec Arthur, ce jour-là à dix heures devant l'infirmerie. La coiffure allait laisser apparaître mes oreilles nouvellement percées pendant les vacances. Dans son mot d'invitation, Arthur avait déclaré vouloir me poser une question. Cette question devait être l'apogée de deux mois d'une cour tenace, faite de cris de gorille poussés lorsqu'il soupçonnait que je l'observais jouer au foot, mais aussi de tout un répertoire de chants polyphoniques coassés par ses copains depuis la classe de neige, dont le principal – Arthur et Olive sont sur un pommier, un deux trois quatre cinq, ils vont s'embrasser – avait tant envahi la cour que j'entendais parfois les maîtresses le chantonner distraitement en déplaçant nos tables d'écoliers. J'avais reçu le bout de papier en plein exercice de grammaire, et j'avais attendu d'écrire de ma graphie parfaite l'ensemble de mes mots parfaits avant de m'intéresser à cette énième missive d'un énième admirateur. J'ai vu alors l'écriture de mon aimé sur le bout de papier, soigneusement plié en accordéon – j'avais évidemment lancé la mode des leporellos à l'école en apportant le jour de la rentrée une de mes créations sur le thème de la cantine. Tout le monde avait trouvé ça absolument spectaculaire, et mon œuvre d'art fut exposée sur le mur près des cuisines. En moins de deux semaines, toute l'école ne jurait plus que par les pliages, si bien qu'au fond de la salle d'arts plastiques se tenait un monceau de livres-frises à déplier, de petits personnages sur ressorts en papier, de jupes plissées pour poupées et autres éventails. Me poser une question, écrivait mon mari, et dans mon leporello biographique, un Arthur ravissant demandait à une Olive aux cheveux noués par un chouchou vert de sortir avec lui. Les boucles d'oreilles de l'Olive – des paillettes collées sur le papier Canson – scintillaient tandis qu'elle claironnait un grand oui d'une voix émue, en essuyant une larme qui perlait à ses cils – un strass bleu. Presque tout se passait comme je l'avais écrit : je portais bien des puces en or, Arthur était ravissant, ma larme apparaissait à chaque entraînement pour ne pas ciller – mais on ne trouvait pas le chouchou pour ma queue-de-cheval. J'ai dû me rendre au rendez-vous les cheveux détachés. Arthur m'a bien demandé si je voulais sortir avec lui, mais comme je n'avais pas le chouchou indiqué dans ma biographie, j'ai dû répondre : je vais réfléchir, par souci d'honnêteté envers mes fans.

La semaine suivante, on ne retrouvait plus mes barrettes Minnie. La semaine d'après, mon baume à lèvres goût framboise et mon t-shirt mauve avaient disparu eux aussi ; si j'avais mieux regardé, j'aurais pu constater que certains mots de mes copines et quelques déclarations d'Arthur avaient été retirés de ma boîte à trésors, un petit coffre en porcelaine qui avait appartenu à Maman quand elle était petite. Maman devenait folle. Elle me rachetait des barrettes, celles-ci disparaissaient aussitôt. Elle me rachetait un t-shirt mauve, et je n'avais pas le temps d'en retirer l'étiquette qu'il s'évaporait. Enfin, ça n'a pas de sens, chouinait-elle au milieu de la chambre, après avoir ouvert le moindre tiroir de notre armoire. Je ne comprends pas, elles sont passées où, tes affaires ? Pendant ce temps, mon David était étendu sur son lit à faire voler un petit train sous l'œil de Moscou maternel. Bon, David, est-ce que c'est toi ? Il faut le dire, si c'est toi. Bah non, c'est pas moi, répondait-il en haussant les épaules. Bah non, c'est pas lui, je répétais. Que j'aie cru voir une fois un reflet de velours vert dépasser de la manche du pull de mon frère n'avait pas d'importance, comme n'avait aucune importance sa tension lorsque, pour fermer nos rideaux, j'entrais dans une proximité dangereuse avec le tiroir de son lit-coffre – c'était là qu'il rangeait ses trains. Hé ! disait-il en fonçant vers son lit et en plaquant ses mollets contre le tiroir. Parfois, avant que l'on s'endorme, il murmurait : faut pas ouvrir le tiroir sous mon lit, Olive. T'as compris, Olive ? Faut pas l'ouvrir, d'accord ? Mais moi, je n'aurais jamais ouvert le tiroir de mon frère. Après une dizaine de jours, mon leporello biographique a disparu lui aussi. Parfois, en plein exercice de pliage à mon bureau, je faisais tomber ma règle ou mon crayon ; en me baissant pour les ramasser, je me retrouvais nez à nez avec l'ouverture à gorge qui laissait apparaître les formes de son contenu. Je tressaillais, je me relevais très vite, je sortais de la chambre. Et un mercredi, après le déjeuner, j'enfilais mes collants de danse pendant que David attendait en kimono allongé sur son lit, à moitié endormi comme depuis des semaines – l'oreiller avait gardé l'empreinte creuse de sa joue. J'ajoutais mon justaucorps, mes chaussons. Il ne restait plus que le tutu sur mon lit et j'ai cru voir, dans les yeux de mon frère, quelque chose s'allumer quand je l'ai pris. Je l'ai reposé tout de suite. J'ai rejoint Maman dans la salle de bains pour l'étape du chignon. T'as oublié ton tutu, Olive, m'a-t-elle dit. Non, ai-je répondu. Je le trouve pas, il a disparu.

Maman a foncé dans notre chambre. Non mais là, j'en peux plus, ce n'est pas possible. Le tutu n'était plus sur le lit. Nous allions être en retard pour la danse et le judo, mais elle sortait chaque tiroir de l'armoire, les vidait sur le plancher. Elle arrachait les cintres, elle les jetait au sol ; elle renversait nos caissettes à jouets. Il est où, ce tutu, David, il est où, elle criait. Je sais que c'est toi, je sais que c'est toi. David était prostré sur son lit, les genoux entre les bras. Je l'observais depuis l'encadrement de la porte d'où je n'osais pas faire un pas. Maman enfonçait le buste dans notre coffre à déguisements, elle tirait les étoffes dans des bruits de déchirure et elles atterrissaient contre mes chaussons de danse. Pousse-toi, disait-elle ensuite à mon frère, et tandis qu'il se rangeait contre la fenêtre, elle a arraché la couverture et les draps. Même les oreillers, elle en retirait les taies. Ce n'est qu'ensuite qu'elle a baissé le regard vers le tiroir sous le lit. Elle s'est accroupie pour l'ouvrir. Non, ai-je crié, non, c'est le tiroir de David. Mais déjà mon frère hurlait en se couvrant les yeux avec les mains, déjà Maman tirait sur l'ouverture à gorge. Le tiroir s'est ouvert comme un ventre écharpé. Mon leporello biographique, mon chouchou, mes barrettes, deux t-shirts mauves dont l'un avec étiquette, mon tutu : tous mes objets perdus gisaient là, pareils à des ossements rongés par la vermine qu'un criminel aurait déterrés d'un cimetière.

Jusqu'à la Nuit, David a dû dîner seul dans sa chambre. Des semaines durant, nos couverts s'entrechoquaient avec, en fond sonore, les pleurs déchirants de mon petit voleur qui n'avait plus de voix pour sa détresse, et maintenant plus de gestes. Maman était à nouveau d'excellente humeur. Elle m'a acheté un coffre en métal avec cadenas à cinq chiffres. J'ai pu reprendre rendez-vous avec Arthur, coiffée de ma queue-de-cheval haute qui laissait voir mes boucles d'oreilles; j'ai pu répondre que j'avais suffisamment réfléchi et que j'acceptais de sortir avec lui, dans un miroir parfait avec le leporello biographique que Maman, pour ne pas qu'il s'abîme, était allée faire plastifier à Paris. Maman adorait mes leporellos. Comme moi, elle n'aimait rien tant que, pour le contraindre à ses envies, plier le monde.

26

C'est pas grave, comme je vais devenir un train, murmurait mon frère pour lui-même. C'est pas grave, comme je vais devenir un train. Tu dis quoi, David ? je demandais d'une voix si basse qu'il ne m'entendait pas. Le babyphone nous épiait. Mon frère continuait son bourdonnement de l'autre côté de la pièce, à mille milliards de lignes de chemin de fer de moi. Je les traversais toutes. Je me glissais dans son lit, je devais pousser à la force de mes hanches ce corps de roche et de sable qui me tournait le dos. Tu dis quoi, David ? Il se tournait vers moi, me donnait à voir ce teint de cire de macchabée et ses grands yeux bizarres, plus noirs, plus pleins qu'avant, comme le sont ceux des chevreuils. C'est pas grave, comme je vais devenir un train. On n'entendait qu'un souffle et il bougeait à peine les lèvres ; je lisais tout de même sur elles. Dans le même silence, je répondais : oui, et moi, je lâcherai les freins. Alors je voyais, je le jure, les pupilles de mon frère réapparaître, et ses joues reprendre de leur chaleur. Dans notre langue de mime, la dernière sève de toutes nos langues, visage contre visage, nous déroulions nuit après nuit l'histoire à venir de sa métamorphose.

Il n'y avait plus qu'à ces moments-là que mon frère devenait vivant; alors je peux vous dire que ça existait, devenir un train. Tout existait maintenant, plus évidemment que moi-même, et ce que rationnel voulait dire, dans mon nouveau dictionnaire, c'étaient les grives, les loups-garous, la course sur les rails au milieu de la nuit, et une jumelle Olive lâchant les freins pour libérer son jumeau David, puisqu'il n'y avait que ça qui, dix minutes par soir, ravivait ses teintes anémiées. L'ombre de Maman finissait bien par rôder près de la source du grésillement de l'unité 2 du babyphone. Je retournais vite dans mon lit, nous faisions mine de dormir, si jamais elle entrait. Elle retournait à ses quartiers et alors je retrouvais mon frère éblouissant de vie. Murmure après murmure, nous plâtrions à coups de détails la structure frêle de sa fugue. La Nuit prenait forme dans nos bras et nos jambes, les faisait pousser très doucement. De loin, quelqu'un, quelque part, aurait dit : les jumeaux grandissent. Nous ne grandissions pas. Nous étions gonflés de la Nuit. Nos mains étaient plus épaisses, nos foulées plus larges; avec cette vigueur-là, nous nous retrouvions aussi à la récré, bafouant toutes les lois pour discuter d'une idée nouvelle. Un chapeau d'explorateur, proposait-il, pour avoir du courage, et je gloussais : je pourrais avoir un chapeau, moi? Nuit après nuit, mon frère imaginait pour cette Nuit toutes sortes de déroulés fantaisistes dont certains avaient résisté au temps et à ses goûts changeants de grand enfant – le réveil à minuit, le tri des jouets pour qu'il puisse partir avec ses préférés. Il me préviendrait en langue Barbapapa. Moi, j'ai eu l'idée de placer un paquet de Prince dans son sac à dos – il avait admis que j'avais raison quand je disais qu'il aurait faim, dans sa nouvelle vie de train. Je n'étais pas peu fière. Dans le silence et l'interdit, nous créions un monde possible où la vitesse et nos rires exterminaient les ombres des tilleuls, les grilles, l'asthme et les mères.

27

Nous sommes allés marcher à Fontainebleau au début du printemps de cette dernière année. Mamie adorait les promenades en forêt. Au retour des beaux jours, elle avait regardé distraitement par la fenêtre tandis qu'elle tricotait sur le fauteuil. Elle avait soupiré qu'il commençait à faire très beau, maintenant, que le soleil devait flamber sur les platières et que sur les vastes landes tapissées de callunes mauves, les mares s'étaient sûrement taries. Dès le lendemain, dans l'entrée, j'enfilai mes bottes en caoutchouc. Maman, le combiné du téléphone coincé sur son épaule, zippait le blouson de David en s'accordant sur une nouvelle date pour le déjeuner avec les amis de Paris. Dans la forêt, mon frère guéri glissait sans cesse. Il trébuchait contre les petits cailloux sur le sol boueux, ses lacets s'emmêlaient dans les tiges des perce-neige et il tombait à quatre pattes comme ceux qui capitulent. C'était moi qui chaque fois l'aidais à se relever. Je balayais son pantalon taché de boue et de feuilles pendant que nos parents et Mamie, déjà loin devant, s'impatientaient, criaient : David ! les mains fâchées posées sur leurs hanches et ce soleil tout autour d'eux qui leur donnait l'air de demi-dieux. Nous avancions alors, nous rattrapions presque notre retard, mais voilà que David se prenait en pleine face le tronc d'un hêtre si d'aventure le chemin déviait dans la futaie et que j'avais oublié de le prévenir. Il fallait prévenir David des chemins et des obstacles, parce qu'il ne regardait que les racines des arbres – jamais devant lui, jamais même ses pieds, juste les racines des arbres. Je marchais et je voyais son visage mort bringuebaler entre les grands tentacules de bois qui maintenaient la forêt à sa place ; et voilà qu'il tombait encore, les pieds dans la mousse. Mais tu avances, oui ? grondait Maman qui revenait pour le ramasser. Elle tirait sur son bras. Tu avances, oui ?

Ce fut la même chose tout au long de la promenade – David tombait, ralentissait, il nous immobilisait. Et Maman revenait sur ses pas pour le secouer, et il se laissait secouer mollement, vidé de sa substance par les mois écoulés. À un moment, en lui remuant encore les épaules, Maman a dit ceci : c'est parce que tu cherches une salamandre, que tu nous ralentis comme ça ? Parce que ça n'existe pas, ici, les salamandres. Et David détestait qu'on lui dise que les salamandres n'existaient pas, ici. À chaque mention de Fontainebleau, il nourrissait l'espoir toujours renouvelé d'en rencontrer une. Elle serait son amie. Ils papoteraient lors des dîners dans sa chambre jusqu'à ce que je revienne du repas familial. Il jouerait avec elle pendant mes voyages scolaires. Papa lui avait pourtant expliqué cent fois. Il s'accroupissait devant lui, il le tenait doucement par l'épaule, et de sa main libre, il pointait les bouleaux et les chaos gréseux autour – il n'y a pas d'eau, tu vois ? Sans eau, ce n'est pas possible, tu entends ? Tu m'entends, David ? Y en a pas de salamandres, ici, ça se peut pas. Mais David continuait à chercher dans les racines des arbres ses salamandres alliées. Elles résistaient au feu, me racontait-il jusque très tard dans son lit jumeau, elles tuaient même les ennemis par un jet de venin, elles voyaient dans le noir. Une fois, sa respiration s'était mise à siffler pendant une promenade et il en avait été tout heureux. Au départ, je n'avais pas vu ce qui le rendait si heureux, puisqu'il avait toujours été allergique, dans les forêts. Il suffoquait dès février ou mars à cause des pollens de frênes et de noisetiers, puis jusqu'à mai avec les saules et les hêtres ; l'été, c'était pire avec les graminées. David respirait mal, il se frottait les yeux, et plus il les frottait, plus il riait. Il me disait que ça devait être une salamandre, qu'il avait dû toucher une salamandre sans faire exprès, qu'il avait dû en recueillir le venin sur la peau noir et jaune comme dans notre livre sur les amphibiens. Ça n'existe pas les salamandres, ici, a répété Maman à Fontainebleau deux mois avant la Nuit.

J'ai vu, un instant seulement, le feu de mon frère revenir. À Maman, David a d'abord répondu simplement : si. Si, ça existe. Debout et minuscule au milieu des arbres aux houppiers très denses, mon frère a dit : si, le visage soudain contracté, les poings serrés. Ils conspiraient ensemble, les arbres et mon frère, en ligne de bataille devant nous, ils contenaient tous dans leurs troncs respectifs cet incendie du passé qui pouvait ravager notre promenade – peut-être David avait-il raison de tant insister pour ces salamandres qui éteignent les feux. Non, ça n'existe pas, a répondu Maman et tout a explosé d'un coup. David s'est remis à crier. Il s'est cambré en de grands arcs convulsifs, il braillait d'une voix de vivant. J'en avais oublié le son. Si, ça existe, si, ça existe, criait-il en se contorsionnant, et d'un coup il s'est tu. Maman lui avait empoigné le bras, et elle l'avait mordu.

Nous nous sommes dirigés en famille vers une montée envahie de fougères dans le calme revenu. Papa avait détourné le regard pendant la morsure, et moi, je n'ai rien dit. J'ai juste passé ma paume sur les traces rouges de dents sur sa peau et aidé mon frère tout assommé à avancer. Mamie a soufflé : eh bien voilà, au moins il est calmé. Et tous ensemble, amputés à nouveau du vacarme de mon frère, nous avons continué la promenade. Je me souviens d'avoir alors imaginé que nous trottinions tous les deux, joyeux, vifs et bruyants, aux côtés de mon père, protégés par l'auvent de son nez d'aigle qui aurait fendu la poussière, créé pour nous un chemin – Maman au milieu des fougères nous aurait fait coucou au loin, une main en visière sur son front, puis elle nous aurait ouvert les bras, et nous aurions couru vers elle. Elle nous aurait embrassés. Je l'ai imaginé si fort que, des années durant, mon rêve a tapissé mon souvenir. Je racontais ainsi l'histoire de cette promenade. Dans les forêts, chacun trouve ses façons d'avancer.

28

La veille de nos dix ans à l'Aquapark a sonné le premier coup de gong. Nous étions à la fin du mois de juin, en pleine nuit, et David a peinturluré la porte de notre chambre au marqueur noir. Son acharnement était tel que de là où j'étais, le grincement de la pointe du feutre m'a réveillée. Je me suis levée et j'ai vu sa silhouette épaisse qui se déchaînait dans la nuit. Je me suis approchée. Mon frère David écrivait comme un possédé et il pleurait, il poussait des râles. T'écris quoi, David? Hé, David, t'écris quoi, dis? Il ne m'entendait pas. J'ai posé la main sur son épaule – je ne savais pas quoi faire d'autre. Il tapissait les lignes de lignes, les barrait ensuite en beuglant, et moi, je gardais ma main maladroite contre lui, même quand son épaule bondissait, même quand il s'avançait, quand il s'accroupissait – je l'ai gardée là jusqu'à ce qu'il termine. Et quand ce fut le cas, quand la porte tout entière fut noire et que la fureur de mon frère se fut consumée dans ce bras à rayures qui pendillait maintenant, un peu las, le marqueur dangereusement suspendu à ses doigts, quand son visage de diable fut redevenu le sien, c'est-à-dire le visage nigaud de mon David avec ses paupières lourdes, son eczéma, son nez busqué et sa bouche ouverte, tout déboussolé par toutes ces lignes que son corps avait générées sans prévenir, quand tout cela fut fini, quand la porte est devenue noire, nous sommes restés là quelques instants. Nous avons regardé ensemble la catastrophe, ma main toujours sur son épaule. Autour, il n'y avait plus que le bruit de la respiration de mon frère, sifflante à cause de l'asthme et de son désespoir, les voix saoules des amis de Paris dans le jardin et le chant régulier de la chouette chevêche pour laquelle Papa avait fait poser un nichoir – elle était là pour nous protéger, elle tuait les serpents.

Après un temps, David m'a tendu le marqueur. Je l'ai pris de ma main libre, je l'ai rebouché en le plaçant entre mes dents. C'était le moment de retourner dormir. J'ai guidé mon frère jusqu'à son lit sans retirer ma main de son épaule, parce qu'il se cognait partout, contre le coffre à déguisements et nos chaises de bureau – il ne voyait plus rien, ses yeux étaient pleins des dessins de la porte. Et moi aussi, après avoir allongé mon frère sur son lit, après avoir tiré la couverture sur son corps replié et après m'être couchée en posant le marqueur sur ma table de nuit, j'ai eu dans les yeux ces dessins qui venaient en pleine nuit le persécuter. Au réveil, Maman a hurlé. Elle a passé la matinée de notre journée d'anniversaire dans son tablier beige à frotter des éponges savonneuses contre la porte, à vider et à remplir des seaux d'eau en soupirant. Vingt ans plus tard, je passe encore devant cette chambre. Je me souviens de mes pieds de gamine sur la lame décolorée du parquet, sur laquelle David et moi avons sauté tant de fois en nous tenant la main quand notre enfance était encore commune, quand nous nous aimions encore. Aujourd'hui mes pieds sont longs, fins, et vernis, sur cette exacte lame – des pieds de femme. Je me rends compte de cette façon qu'il s'est écoulé un temps fou – pas seulement parce qu'il s'est agi de vingt ans, mais parce que vingt ans durant, le temps a couru sans nous, sans David et moi ensemble, et que pour laisser advenir une chose pareille, il le faut bien, que le temps soit fou. Sur la porte, les marques de feutre sont très anciennes, très légères. Elles sont la trace éternelle des chagrins de mon frère. Elles ont résisté aux éponges. Elles ont résisté aux sœurs.

29

Le grand hangar au toit de verre de l'Aquapark abritait trois bassins, le triple de toboggans géants, quelques cascades et autres geysers, des canons à eau, une piscine à vagues, et dans celle-ci, gommé par la rayure d'une lumière de seize heures, un jumeau qui noyait sa jumelle. C'était le jour de nos dix ans. Ainsi a démarré le grand final de mon frère. À notre arrivée, j'avais attendu que Maman finisse de lui passer son maillot de bain dans la cabine familiale. Il bougeait, il essayait d'enfiler le slip lui-même en tirant dessus. Tu fais n'importe quoi, arrête, disait-elle, baissant à nouveau le bout de nylon qui lui retombait sur les orteils. Mon frère plongeait tout de suite les mains vers ses chevilles pour le remonter. Je te dis que tu ne sais pas le faire, répétait Maman, je te dis que tu ne sais pas. D'une main, elle tentait de maintenir ses deux petits poignets dans son dos pendant que, de l'autre, elle agrippait le slip. Je te dis que tu ne sais pas, c'est clair ? Moi, je trouvais l'opération considérablement ralentie, d'autant que me parvenaient les splashs et les rires derrière la porte du vestiaire. J'ai proposé à mon frère une partie de pierre-feuille-ciseaux pour lui ôter l'envie farfelue d'oser mettre son maillot de bain lui-même. Et voilà qu'après deux ou trois manches, nous poussions les portes battantes qui menaient aux glissades entre les vagues artificielles.

David et moi avons couru et sauté en double entre les enfants simples sur les dalles froides autour du bassin principal. Nous nous jetions sur les toboggans comme autant de monstres gigantesques qui n'attendaient que notre conquête de petit guerrier à deux têtes. L'Aquaturbo, nous l'avons dévalé cent fois pour arriver en double déflagration dans l'eau grouillante, et cent fois nous avons gravi l'échelle de l'Aquamikaze et glissé entre les parois noires de son tunnel. Nous recommencions encore et encore pour chacun des toboggans jusqu'à en épuiser la toute dernière peur, le tout dernier frisson ; c'était ainsi, dérobés au regard de notre mère qui lisait sur le transat, que nous faisions plier sous la pulpe de nos doigts fripés jusqu'au dernier des monstres. Tandis que nous marchions le menton haut dans cet air humide pour aller battre par K.-O. notre prochain colosse, Maman nous a appelés en faisant des signes. Venez boire de l'eau, a-t-elle crié en secouant une grande Volvic.

Je me suis assise contre elle. J'ai plaqué ma paume mouillée sur le magazine ouvert sur son ventre. L'eau dans mes cheveux gouttait sur les mollets de Maman. Près de nous, David répétait : j'ai pas soif, on y retourne, j'ai pas soif, moi. Il gigotait, sautillait, il remuait les mains si bien que Maman a reçu une petite goutte sur le front. Je l'ai vue se figer, et David s'est alors figé lui aussi. Elle s'est redressée sur les coudes. Puis elle a essuyé lentement la goutte du bout de l'index, l'air dégoûtée. Tu m'as éclaboussée, David. Il y avait cette sorte de rage dans ses yeux insectes que je lui connaissais quand on faisait du bruit devant les invités. Si tu me mouilles encore une fois, y a plus de toboggan, plus d'Aquapark, et pas de cadeau d'anniversaire, c'est clair ? Je pouvais voir ses tempes palpiter. David a haussé les épaules, regardé ses pieds. Moi, j'ai pris la bouteille des deux mains et bu avec urgence, si bien que la Volvic a dégouliné sur mon menton, mon maillot de bain et un peu sur la cuisse de Maman. Elle a eu un sursaut à cause de l'eau froide, elle a dit : oh en riant, et j'ai ri avec elle. Je me séchais la bouche du dos de la main quand elle m'a attirée vers elle pour m'embrasser en gloussant, j'étalais sur elle mon maillot trempé. On y va, Olive ? a fini par dire David après une longue minute de baisers frénétiques sur mon front. On y va, alors ? Maman continuait à m'ébouriffer les cheveux, à me faire des blagues auxquelles je riais copieusement, quand David a assené une phrase en langue Barbapapa pour laquelle j'ai dû mettre un terme aux effusions. C'était la loi de ce langage qui n'avait que faire de la basse bêtise des mots et qui était ondes, tremblements et chair : il exigeait de se tourner tout entier vers celui qui l'employait et d'écouter pour de vrai. Toujours allongée contre ma mère, j'ai tourné la tête vers lui et il a répété la phrase. J'ai compris. On va dans la piscine à vagues, ai-je traduit pour Maman avant de me relever et de courir avec mon frère vers ma noyade.

Ça s'est passé comme ça. Nous barbotions et sautions par-dessus les fausses vagues. Parfois, nous nagions en dessous. Autour de nous, les enfants simples criaient et plongeaient dans les remous, mais pour moi, il n'y avait que David, mon enfant double, son visage rond laiteux sous cette lumière qui lui platinait la peau. David retenait sa respiration, fourrait la tête sous l'eau et je faisais pareil. Dans l'eau turbulente, nous nous scrutions, nous nous tirions la langue et ressortions la tête. Puis, ses yeux presque effacés par le rayon de seize heures qui piquait vers lui comme quelqu'un qu'on désigne, David s'est avancé vers moi. Il a placé la main sur ma tête et il a appuyé sans force en souriant, comme un encouragement. Sous l'eau, accompagnée par cette main douce, je voyais ses jambes blanches onduler dans le chlore, et autour, tout un tas de cabrioles sous-marines, de pieds fretins. C'est alors que la main de mon frère est devenue méchante. Elle pressait sur mon crâne pour m'empêcher de remonter. J'ai commencé à m'agiter, je manquais d'air. J'ai tenté de crier : David, j'ai plus d'air, mais ne sortait de ma bouche qu'un écho grave et difforme. En me débattant, j'ai levé le regard et vu, par-dessus la surface ridée de l'eau, un reflet tremblant de mon visage qui ne souriait plus.

David a fini par relâcher sa prise. À peine ai-je repris un peu de souffle que j'ai nagé, effarée, vers l'échelle de la piscine. J'ai parcouru toutes les dalles en sens inverse et, arrivée aux transats, je me suis jetée sur ma mère. Il m'a noyée, il m'a noyée, ai-je fait. De loin, entre deux toboggans géants, un petit David chancelant nous observait enlacées en se rongeant l'ongle du pouce.

30

Il l'a noyée, il l'a noyée, a crié Maman en poussant la grille, de retour à la maison – on aurait vraiment dit que notre famille ne basculait qu'alors dans ce monde de ténèbres qui nous avait toujours enveloppés. Elle serrait haut le poignet de mon frère comme, sur le ring, l'entraîneur et son champion, et dans le jardin, sous le tilleul décoré d'un fanion, Mamie qui dressait la table était restée interdite, comme Papa avachi sur une chaise, sa cigarette entre les doigts. Maman nous avait emmenés seule à l'Aquapark, puisque Mamie détestait l'odeur du chlore et que Papa, qui allait maintenant changer le monde avec Internet, avait convaincu Mamie de lui offrir un gigantesque Dell noir pour lequel il avait transformé le local à vélos couchés en bureau informatique. Il a noyé Olive, il l'a noyée, répétait Maman au milieu du jardin. Papa et Mamie se sont jetés sur elle. Maman a lâché le poignet de David pour se couvrir le visage et pleurer à gros sanglots ; le bras de mon frère pendait encore tristement en rythme avec ses boucles d'oreilles. Son chignon coquillage était encore impeccable, même après avoir rugi sur mon frère en secouant la tête dans tous les sens au milieu de l'Aquapark, avec ces deux trous noirs en forme d'yeux, et cette bouche difforme sous le duvet clair brumisé par l'air, en léger décalage avec sa place habituelle sur ce visage de madone rousse muée en sorcière.

David et moi, sur la balançoire, assistions au spectacle des gesticulations adultes autour de cette noyade parfaitement anecdotique puisque j'avais parfaitement survécu. Devant nos yeux lassés se succédaient les têtes tenues entre les mains, ce n'est plus possible cette situation, les poings cognés sur la table, il faut faire quelque chose, et puis soudain ma mère hurlant : il n'est plus question qu'ils dorment ensemble. Plusieurs fois, Maman avait fait campagne pour que l'on cesse de partager la même chambre. Elle disait : vous êtes trop grands maintenant, vous n'avez plus l'âge. Peut-être voyait-elle l'horreur envahir mon regard tandis qu'elle discourait sur le bureau du rez-de-chaussée que l'on pourrait repeindre en mauve avant d'y placer un baldaquin de princesse. Elle finissait chaque fois par retrouver son bon sens, c'est-à-dire se taire. Je restais là, livide je crois bien, terrifiée par ce scénario dont j'espérais que plus jamais on ne m'en présente les brumes funestes. Désormais, nous l'observions impuissants porter à sa seule force le Dell et son unité centrale, les coussins du canapé, la chaise de bureau, et les sortir dans le jardin sous les cris affolés de Papa. Je vais devenir un train, hein, Olive ? a soufflé David qui se balançait près de moi. Sous nos pieds, au loin, les rails sillonnaient dans la cime touffue des arbres. Je vais devenir un train, pas vrai, Olive ? Tu me promets ? J'ai dit : je te promets, grattant sur mes genoux, du bout de l'ongle, la boîte cartonnée de notre gâteau d'anniversaire.

31

Ça doit être bientôt, a chuchoté David le soir venu dans notre chambre. Tu vois bien, ça doit être bientôt, parce que sinon, si je deviens pas un train, je te noie. Mais Maman aura de la peine si tu deviens un train, ai-je répondu dans un murmure. Bah non, elle aura pas de peine. Soir après soir cette année-là, au rythme de nos fabulations, il y avait eu cette Nuit de l'esprit de David qui nous appelait au loin de son signal lumineux. Nous marchions vers elle comme au-devant d'une lanterne qui se balance au-dessus de la mer. Avec le temps, ses contours étaient devenus de plus en plus visibles ; mon frère et moi riions de moins en moins. J'ai compris que nous étions issus de la Nuit, que nous étions tendus vers elle. Désormais, avec la noyade, nous avions marché suffisamment, et devant nous étaient les vagues, devant nous était la lanterne, et ce serait maintenant.

Peut-être avais-je dix ans, cette nuit-là, en négociant un peu. Mais en moi, quelqu'un, quelque part, avait cent ans. Quelqu'un quelque part en moi avait cent ans et comprenait tout de ce frère, dont chaque action m'était intelligible, lui qui n'avait peut-être jamais rien fait d'autre que tenter de renverser à coups de cris et de couteaux à beurre cet ordre familial sclérosé qui lui donnait des crises d'asthme. Cette nuit de juin, j'avais dix ans, j'avais cent ans, et mon David, s'il ne devenait pas train, vivrait sa vie entière captif des ombres du tilleul, lui le fou concentrant et masquant toute la folie des autres. Ce fou-là, je le trouvais très sage. David m'a rejointe dans mon lit. Sa gorge ronde se tenait à l'aplomb de mon visage. Je sentais son odeur de lait. Je n'ai plus jamais su, des années plus tard, comment était l'odeur de son âge – qu'importe, puisque j'ai connu mon frère dans ce lit à dix ans, mais aussi, parce qu'il était David et que j'étais Olive, à cent ans, et seize ans, et vingt-neuf ans, et dix mille ans. La vie a bien pu faire ce qu'elle voulait de lui après notre grande Nuit, cela m'est égal. J'ai aimé mon frère avant le temps, je l'ai aimé après le temps aussi.

32

La Nuit a commencé comme ça. Nous regardions les Delajungle dans le canapé du salon, comme à chaque aube depuis notre naissance. Peut-être ne voyions-nous plus vraiment ni les caravanes, ni les léopards à l'écran ; peut-être regardions-nous tous les deux seulement la porte entrouverte du bureau juste derrière la télé. Cela faisait deux semaines que nous constations jour après jour l'arrivée de bâches, d'une perceuse, d'une échelle, de cartons de meubles en kit. J'entendais parfois le cri de rage qui escaladait la gorge de mon frère lorsqu'on passait devant les pots de peinture – mais vite, le cri était aspiré à sa source par la Nuit. Elle nous consolait de Papa qui montait des meubles, puis se relevait et observait, perplexe, l'alliage douteux des planches. Elle comblait les ramifications du tilleul sur le bras de David, le matin au réveil, et effaçait la nuée blanche laissée par les larmes sur ses joues le jour de la noyade. Ce matin-là, en sortant de la maison, Papa nous avait dit qu'il finirait de monter le lit le lendemain, que je pourrais y dormir à partir de ce moment-là. David, près de moi devant la télé, avait eu alors une sorte de hoquet.

La vérité, c'est que je ne m'attendais pas à ce que la Nuit tombe ce jour-là. C'était un mercredi des plus habituels, le tilleul était en fleur, et j'avais encore les meilleures notes de ma classe de CM2 au troisième trimestre, preuve que cette histoire de noyade ne m'avait pas du tout traumatisée, contrairement à ce que beuglait Maman. Elle était descendue en pleine conversation téléphonique, à répéter comme vingt fois par jour la même litanie, je vous dis que ça ne sert à rien le psychiatre, j'ai déjà essayé le psychiatre. Je vous dis qu'il faut le mettre dans une institution. Nous l'avons suivie dans la cuisine. Nous nous sommes assis à table tandis qu'elle continuait sa rengaine devant la cafetière filtre qu'elle remplissait d'eau et de café Grand-Mère, son Sagem coincé entre l'oreille et une épaule si frêle et si mobile que celle-ci fermait le clavier coulissant et interrompait de force ses récriminations. J'aimais Sagem pour ça. Nous avons observé ensemble notre mère grogner, recomposer le numéro, dire : pardon, ça a coupé, mais je n'ai pas terminé. Et comme ça, sans prévenir, David m'a dit la phrase. J'ai failli faire tomber ma cuillère.

Je vais te la dire bientôt, la phrase, Olive, me prévenait David depuis deux semaines. Je vais la dire bientôt, Olive, et ce sera le signal. Tu te tiens prête, hein, Olive ? J'avais peur de me tenir prête, mais je me tenais prête quand même, puisque j'avais promis, et puis j'aimais la phrase – pas pour la phrase elle-même, mais parce qu'elle était prononcée en langue Barbapapa. Qu'est-ce qu'il a dit ? a demandé Maman en éloignant le téléphone de son oreille. David a baissé les yeux, il fixait la bouteille de lait. Rien, j'ai répondu, avec ma voix qui tremblait un peu et ma cuillère toujours en l'air. Maman a dit : excusez-moi, je vous rappelle. Depuis la noyade, la langue Barbapapa était interdite. Olive. Olive, qu'est-ce qu'il a dit ? J'accepte de vous laisser une chance pour cette fois, mais tu dois me répéter ce qu'il t'a dit. Qu'est-ce qu'il t'a dit, Olive ? À ce moment-là, David a saisi la bouteille de lait. Il s'est mis à verser du lait dans son bol pendant une seconde, puis deux, puis trois, si bien que le lait a dégouliné partout sur la table et sur son pyjama. Mais qu'est-ce que tu fais ! a crié Maman. Elle lui a retiré la bouteille des mains, puis elle l'a fait lever. Elle lui a retiré le haut de son pyjama, son pantalon – lève la jambe, David –, et même son slip, puis elle a tout roulé en boule et a posé le tas sur le comptoir. J'étais encore assise devant mon bol et David était debout, tout nu, tandis que nous la regardions éponger la table, la chaise et le sol avec un torchon. Elle a ensuite pris mon frère par la main et l'a traîné dans la salle de bains à l'étage. Alors comme prévu, je me suis dirigée vers le bureau du rez-de-chaussée. J'ai saisi le marteau qui traînait par terre avec la perceuse et la boîte à outils. Puis je suis montée dans la chambre de nos parents où, avec mon frère, nous étions allés rôder tant de fois. Nous aimions fouiller les tiroirs des tables de chevet, surtout celle de Maman qui nous dirait peut-être une chose d'elle qui nous échappait, et, dans le même temps, une chose de nous. On n'y trouvait rien d'autre que des enveloppes ouvertes, des lettres manuscrites qu'on ne savait pas bien déchiffrer, des photos d'identité rangées dans un diptyque en velours bleu marine, des vieux clichés abîmés au dos desquels quelqu'un avait noté Nemours, 1992, ou bien Bargème, 1987. Sur le bois verni de la table ce matin-là, il y avait une lampe, une tablette de chocolat entamée avec le plastique jaune Poulain plié à l'arrière, un vernis à ongles transparent Herome, et l'unité 2 du babyphone. De l'autre côté du couloir, David hurlait comme un fou. J'ai saisi l'appareil, je l'ai posé au sol, je me suis agenouillée, et avec le marteau j'ai tapoté jusqu'à le casser. Plus tard, je dirais à ma mère : pardon, c'est moi, je n'ai pas fait exprès. Notre Nuit a commencé comme ça, avec un babyphone détruit le matin même. Ce que je voudrais dire, puisque vous êtes là, puisque vous avez bien voulu écouter cette histoire, c'est que j'ai agi à dix ans en connaissance de cause. J'étais d'accord avec ce que nous allions faire. C'était notre vraie langue, la langue Barbapapa, notre langue immémoriale. J'avais reçu le message cinq sur cinq.

33

À l'école, le jour de la Nuit, à la récréation de quinze heures, les ballons de foot rebondissaient dans la cour exactement comme d'habitude. Certains touchaient un mur, un poteau, ou le crâne d'une fillette sous le préau. On entendait les « Passe, passe ! », les gros mots interdits bredouillés en pouffant, les chansons qui accompagnaient les sauts de la marelle, la toux étouffée des corps battus dans le bac à sable ; dans le grand tapage, il manquait un garçon. Pendant mes jeux de mains, je cherchais mon David partout, dans le visage cramoisi d'un petit tombé du toboggan, ou dans ce corps lourd comme le sien qui se hissait en haut de la structure en bois – ça ne servait à rien, David n'était nulle part. Cela faisait deux semaines que mon frère devait passer ses récréations enfermé à la cantine, sous surveillance d'un roulement de maîtresses. C'était l'idée de notre mère. Après la noyade, dans le bureau du directeur, David et moi avions balancé nos pieds en parfaite cadence tandis que Maman déblatérait tout un essaim de mots acides – acte très grave, tentative de noyade, responsabilité de vous prévenir, prendre des dispositions. Elle avait soufflé : garçon dangereux, et un ballon de foot avait atterri dans le feuillage gaufré du marronnier. Depuis, à la récréation, j'avais machinalement cherché l'image éternelle de mon frère sur son banc, sachant que je ne pouvais le trouver. Tout cela donnait à mes gestes une sorte de lenteur – aux jeux avec mes Camille, j'étais moins vive. La séparation fait cela aux gens qui s'aiment : c'est un cheval qu'une piqûre tranquillise, un renoncement. Peut-être mes sujettes notaient-elles sans vraiment la comprendre mon allure fanée par le manque.

J'ai vu mon frère émerger des entrailles de la cantine pour la toute dernière fois avant la Nuit, escorté par une geôlière. Hé, Olive ? m'a lancé une Camille devant mon inattention soudaine à la chorégraphie qu'elle me présentait. Hé Olive, tu regardes ou pas ? Sur le passage de mon frère, tout le monde s'éloignait de deux mètres, au cas où une envie irrésistible lui viendrait de noyer un camarade dans la piscine d'un Aquapark. La rumeur de notre anniversaire avait vite cheminé dans la cour et désormais, pour tout le monde, il s'agissait de le pointer du doigt, de chuchoter : voilà le noyeur de sœur. Depuis deux semaines, David n'en disait rien. Il recevait en silence les insultes, il balançait doucement les bras, gardait les yeux au sol. Mais ce matin-là, nous savions que ce soir, ce serait la Nuit – David marchait maintenant avec quelque chose du guerrier. Et à la langue tirée d'un garçon blond, il a rugi et il s'est jeté sur lui si vite que la maîtresse n'a pas pu le rattraper. Les deux corps roulaient maintenant par terre sous les cris des enfants – David mordait les mollets du petit comme mordent les chiens. Je voyais ses dents agrafées jusqu'au sang dans le bombé du muscle. Quelques minutes plus tard, on emmenait le blondinet en larmes vers l'infirmerie, deux coupures écarlates juste sous son bermuda ; on emmenait aussi David dans le bureau du directeur. C'est un tueur, répétaient autour de moi les enfants en rang deux par deux devant la classe.

Si David n'avait pas mordu, si Maman n'était pas venue le chercher plus tôt, nous aurions respecté le plan à la lettre. Le plan de la Nuit, nous le connaissions par cœur. Si David n'avait pas mordu, si Maman n'était pas venue le chercher plus tôt, nous serions entrés dans la classe et ça aurait été l'heure du poème définitif. C'était l'idée de David – je me souviens de lui, pouffant dans son lit avant de s'endormir, murmurant : et à l'école, le jour avant la Nuit, je réciterai mon poème, Olive. Mon poème définitif. À l'école, David n'avait pourtant jamais récité de poème. La maîtresse l'interrogeait sur Maurice Carême et il ne se rappelait rien. Dans son carnet, en expression orale, il n'avait que des zéros. Moi, je savais bien qu'il en connaissait au moins un, de poème, et le jour de la Nuit, il allait le réciter, oui, devant tout le monde, Olive, et tout le monde saura qu'en fait, j'en connaissais un, de poème. Si David n'avait pas mordu, si Maman n'était pas venue le chercher, nous nous serions installés à notre place habituelle, moi devant et David tout au fond, sa table maintenant en léger retrait par rapport aux autres depuis qu'on avait su, pour ses penchants de meurtrier. Une leçon aurait commencé, sur les croisades par exemple – non, une leçon de géométrie, Olive. Moi je dis que ce sera pendant une leçon de géométrie. Quinze minutes plus tard sur ma Flik Flak aurait sonné l'heure du poème. Je me serais retournée vers mon frère. Sur le cadran de ma montre, j'aurais tapé trois petits coups du bout de l'index d'un air très malicieux – David m'avait fait répéter cent fois mon air malicieux, il disait : bah non, c'est pas assez malicieux, ça, Olive. Il se serait levé aussitôt, et moi aussi. Toute la classe en aurait été ébahie, la maîtresse aurait dit : mais qu'est-ce que vous faites, nous sommes en pleine leçon sur les croisades – non, leçon de géométrie, Olive. Nous n'aurions pas eu peur. Nous serions restés debout. J'aurais déclamé le premier vers pour donner du courage à mon frère. *En sortant de l'école.* David aurait continué : *Nous avons rencontré. Un grand chemin de fer,* aurais-je renchéri. Et David aurait repris : *Qui nous a emmenés.* Moi, à l'école, je n'avais jamais fait une chose aussi folle ; mais sur l'autel de la Nuit, je me sentais prête à sacrifier la moindre de mes couronnes. Tu sais, c'est pas grave si on n'a pas dit le poème, m'a assuré David plus tard, à la maison. On va faire la Nuit quand même. C'est pas grave, parce que pour moi, on l'a dit, le poème. Dans ma tête, on l'a dit, mon poème, mon poème définitif. *En sortant de l'école. Nous avons rencontré. Un grand chemin de fer. Qui nous a emmenés. Tout autour de la terre. Dans un wagon doré. Tout autour de la terre. Nous avons rencontré. La mer qui se promenait. Avec ses coquillages. Ses îles parfumées. Et puis ses beaux naufrages. Et ses saumons fumés.*

34

Allongés l'un près de l'autre dans le jardin sous la chaleur douce de juin, de retour à la maison, mon frère et moi jouions à picorer les tiges d'herbe molle ou à en faire des nœuds pendant que Maman préparait le dîner à grand vacarme de casseroles et d'eau coassant à gros bouillons. Parce que Mamie avait téléphoné sa venue à l'instant où j'étais rentrée de l'école, sept ou huit Maman s'étaient mises à fourmiller partout, grésillant devant l'état du frigo, trottinant dans l'escalier qui menait au garde-manger ou hissant un titanesque sac de pommes de terre. Elle claquait la porte du four et posait des couvercles sur des casseroles, Papa vissait et dévissait des vis, Mamie était en chemin et je me repaissais du long doigt de lumière sur la ligne épaisse de la lèvre de David qui mordillait la tige. Combien de lumières d'été sur nos lèvres n'avions-nous pas vues naître et mourir, David et moi, cousus l'un à l'autre dans nos jeux indolents, sur l'herbe ou sur la balançoire, à flotter au-dessus du fleuve et de la gare, et combien nous en resterait-il jusqu'à ce soir, pensais-je, ce soir où minuit viendrait, où le réveil sonnerait, où il s'en irait? J'ai composé un minuscule bouquet de tiges arrachées que j'ai placé juste devant mon œil, j'ai regardé mon frère : le voilà écroué derrière une grille herbeuse, et si je la retire, il est libre.

Même si Mamie venait déjeuner ou dîner tous les jours, c'était chaque fois pour Maman le même cataclysme ; elle est passée près de nous en serrant dans ses bras une pile d'assiettes, la démarche opiniâtre vers sa cible de guerre, la table à manger du jardin. Son ombre s'est allongée par-dessus nos deux corps tandis que nous gloussions maintenant des bras du tilleul, dans les hauteurs, qui se tendaient vers ceux d'un chêne comme deux amoureux et qu'avec nos bras à nous, nous imitions. Qu'est-ce que vous faites? Pourquoi vous entremêlez vos bras? C'était toujours au plus calme de nos jeux que Maman s'adressait à nous comme à d'insupportables chahuteurs. Hulahup, barbatruc, a répondu David en pouffant, et ce que ça voulait dire, puisque vous ne savez parler aucune langue sérieuse, ce n'était rien, des syllabes vides, de la provocation que mon frère se permettait un peu depuis ce matin où sa fugue absurde fomentée dans notre chambre avait été lancée. Maman a brandi un doigt à l'extrémité pointue, qu'étoilait une minuscule aigue-marine. Qu'est-ce que tu as dit? David a répété : hulahup, barbatruc – le plein de son gros visage qui se forait de mille petits creux dans la contraction de son rire retenu, ses yeux espiègles. Maman s'est accroupie d'un coup. Elle lui a saisi le bras. Qu'est-ce que tu as dit, David? Plus les longs cheveux roux balayaient ses genoux turbulents dans le bermuda, plus ils les immobilisaient. Et je regardais s'effacer les sillons du rire creusés dans sa chair, et la rotondité de ses contours revenir, tandis que Maman d'une voix contenue ramenait à son souvenir, et au mien, son diable, et la façon dont il avait mordu un pauvre garçon innocent à l'école tout à l'heure, et la langue Barbapapa interdite car il avait essayé de me noyer. Notre pauvre Maman n'avait aucune idée de l'argument suprême que constituait cette noyade, pour David comme pour moi, dans la grande bêtise qu'était notre grande Nuit. Elle ajoutait qu'il n'avait pas intérêt à en être un, de diable, quand Mamie arriverait. Mon frère n'a pas répondu, mais ses narines se sont pincées. Pendant le dîner ensuite, David se tenait droit, son dos épousait le galbe du dossier. Il y avait sur son visage une expression bizarre, hautaine et morne, que devait voir Maman qui lui jetait des coups d'œil depuis son poste de guet. On a envoyé mon frère à la cuisine remplacer une fourchette tombée dans l'herbe et il n'est pas revenu. J'ai tourné la tête : il escaladait la grille. Ça ne servait à rien, il s'en irait cette nuit, mais c'était plus fort que lui. Un instant, j'ai contemplé la danse stérile et sempiternelle de cette fuite et je l'ai trouvée belle.

35

Olive, c'est l'heure, m'a dit David à minuit. Ainsi a commencé notre vraie Nuit. Olive, ça y est, c'est maintenant, c'est l'heure, c'est l'heure. J'ai ouvert les yeux sur le noir de la chambre ; encore aujourd'hui, parfois, je me demande si c'était un rêve. C'était peut-être un rêve, ces petites montagnes de jouets tout juste triés autour de nos lits et peut-être un rêve, l'air qui crissait dans le nez de mon frère. David craignait de faire du bruit et que Maman ne revienne. Il n'osait inspirer qu'un très mince filet d'air. À court d'oxygène, il prenait alors une bouffée tonitruante. Je me souviens du puzzle enfoncé dans le sac Spider-Man, avec quelques mini-voitures, des feutres, une balle rebondissante. Je me souviens de son chapeau d'explorateur, puis de nos chaussons dans l'escalier, de ce paquet de Prince piqué dans la cuisine, et du buffet massif à l'entrée sur lequel, dans un vide-poches entre des briquets et des piécettes, se trouvait la grande clef forée en fer patiné de la grille d'entrée. Mais c'était peut-être un rêve. Longtemps je n'ai plus su, pour mon enfance, me saisir tout à fait de la matière du réel. Chaque fois que j'en discutais avec Maman, elle me répondait : tu as dû rêver. Évidemment que non, je n'ai pas fait dîner ton frère dans sa chambre pendant des mois, tu me prends pour qui ? Et Mamie, à la maison de plage ? Mais enfin, Mamie n'est jamais venue à la maison de plage. Maman n'en pouvait plus, que je reparle de lui. Moi-même, je n'aimais pas beaucoup ça, mais je ne savais pas quoi faire d'autre. Avec le temps, les flashs de la Nuit me revenaient sans cesse. Au supermarché, je poussais mon chariot pour tourner sur la droite et croyais voir soudain la petite allée près de la gare en lieu et place du rayon céréales ; au bout du rayon m'apparaissaient, phosphorescentes par-dessus la vitrine réfrigérée du poissonnier, les barrières rouge et blanc du passage à niveau. Je secouais la tête pour faire disparaître les images. Si je baissais le regard, mes pieds d'adulte étaient plantés dans un ballast d'il y a vingt ans qui vibrait à l'approche d'un train. Ma Nuit coupable me poursuivait, et avec elle, comme autant d'embranchements incertains dans un labyrinthe pour la comprendre, les souvenirs enfouis des années qui l'avaient précédée. Mais si l'un de ces petits souvenirs ridicules venait à inverser notre système de valeurs sans mémoire, à nous faire envisager que le diable était un autre, il y avait une solution évidente et certaine qui réordonnait notre monde : ce devait être un rêve.

Alors c'était peut-être un rêve, nos deux corps devant le buffet à minuit. Il faisait, je crois bien, le double de nos tailles et mon David murmurait les yeux ronds : je crois qu'il fait au moins mille mètres, chaque fois que nous jouions ensemble à ouvrir les portes et à nous mirer dans les éclats de miroir qui en tapissaient l'intérieur. Nos visages se multipliaient dans les reflets. Nous remuions la tête, nous faisions des grimaces, et c'étaient des dizaines de petites Olive et de petits David qui tiraient la langue et ouvraient la bouche devant nos yeux ravis. Je prenais une mèche de mes cheveux, je la plaçais sous le nez de David qui avait soudain une moustache et faisait la moue pour la retenir. C'était mieux. Ni David ni moi n'aimions être nés comme ça, moi les cheveux roux et lourds comme Maman, et les siens noirs qui bouclaient comme on ne savait trop qui, peut-être un grand-père, devisait parfois Papa. David m'avait dit que lorsqu'il serait un train, il lui pousserait une moustache de train comme le conducteur de ses cinq ans, et que celle-ci serait rousse comme mes cheveux à moi. Nous voir côte à côte dans les miroirs avec mes cheveux couleur de sa moustache, ça donnait du courage. Mille mètres, a répété David cette nuit-là, et dans le noir, nous avons porté ensemble une chaise de la salle à manger pour laquelle nous avons dû fléchir les jambes, contracter les muscles, plisser le visage en soufflant, sachant toutefois qu'une fois dehors, sur les rails infinis, il n'y aurait plus jamais rien à fléchir, ni à contracter, plus le moindre poids – il n'y aurait que les rails, et le frère-train qui roulerait pour la vie. J'ai saisi la clef en fer sur le buffet. Pour tourner le trousseau qui restait toute la nuit dans la serrure de la porte d'entrée, David a placé la paume sur le dos de ma main et nous avons ouvert ensemble. Dehors, il faisait encore chaud et la grille était là, devant nous, immense et minuscule sous la lune qui était pleine et qui nous souriait. Je sentais contre mon épaule son épaule chaude et poussiéreuse de vieil enfant – elle était peut-être ce que, à l'orée de la Nuit, mon frère gardait encore de commun avec le monde des hommes.

36

Mon frère David et moi avons traversé notre jardin avec un dernier regard pour le tilleul, pour cette terrasse où nous avions dormi, fait nos devoirs et bu du chocolat, et pour notre balançoire tout au-dessus du monde d'où tant de fois nous avions contemplé la ligne à l'encre de Chine des rails qui le mènerait à mille lieues d'ici. C'est moi qui ai ouvert la grille, et ça, je voudrais le hurler dans tout le Loiret : c'est moi qui ai ouvert la grille pour David, qui ai tourné la clef, qui ai tiré les deux lourdes portes aux volutes en fer forgé pendant que mon frère chapeauté, en short de pyjama, me regardait faire en grattant l'intérieur de ses coudes plein d'eczéma. Sur le trottoir, tournant le dos à notre maison et faisant face aux hêtres le long du chemin en serpentin qui plongeait dans le dehors, nous avons certainement eu peur, nous avons peut-être regretté – mais j'avais ouvert la grille, et ça, personne ne pourra l'effacer. Nous sommes restés un instant immobiles près de la voiture garée dans l'allée. À l'arrière du monospace, au retour des vacances à la fin de l'été d'avant, David chantait enfin par cœur la chanson où Patrick Bruel parlait de se casser la voix. Son dos sérieux se tendait très droit sur le siège, les mains à plat sur ses genoux et le menton relevé tandis qu'à pleins poumons il s'égosillait sans jamais balayer de ses yeux grands ouverts les mèches tourmentées par le vent de la vitre baissée. La voiture était vide, maintenant. Des petits jumeaux en pyjama se sont alors mis à descendre un chemin sous le ciel noir blessé par balles.

Pour ne pas nous arrêter, ni voir que nous étions allés trop loin, nous dressions la liste de toutes les gares qu'il traverserait, quand il serait un train. Souppes-sur-Loing, disait David, et j'ajoutais Nemours, il disait Montargis, et moi Bourron-Marlotte. Dans la nuit, il n'y avait que le bruit de nos pas, le hululement de quelques chouettes et les cliquetis des pièces de puzzle dans le sac à dos Spider-Man qui tressautait sur les reins de mon frère. Bagneaux-sur-Loing, je disais, Dordives, disait David. Autour de nous, les hêtres se faisaient avaler par l'arrière de la nuit en descendant les marches en pierre. Sur le chemin en serpentin, je voyais courir sous nos pieds le bitume usé, les trottoirs, les bases régulières des troncs réguliers. Nous avons pris le petit pont de pierre, continué sur l'allée aux chênes comme chaque matin pour aller à l'école. En dix minutes, nous étions dans la rue du passage à niveau. Nous nous sommes arrêtés un instant. Je sais que nous avons vu apparaître au même moment les barrières rouge et blanc, debout avec les arbres comme une haie d'honneur. Je le sais parce que, à la même seconde, sa main a saisi ma main et j'ai saisi la sienne. Nous avons marché les doigts entremêlés jusqu'au panneau Danger de mort – la pleine lune en éclairait le fond blanc. Sous nos pas coulait le lit de rails. C'est moi qui ai posé la première le pied sur le gravier, c'est moi qui me suis tenue la première sur le chemin de fer – ça non plus, personne ne pourra l'effacer. Quand David m'a rejointe, quand il a posé son chausson sur les barres d'acier, son visage s'est illuminé. Je vais devenir un train, Olive.

Ma gorge s'est nouée. Devant nous se déroulait l'axe courbe et infini sur lequel il filerait. Je vais devenir un train, Olive, a répété David. Quand je te dirai de lâcher les freins, tu devras lâcher les freins, et alors je me mettrai à courir, courir très vite, et tu verras, de loin, que je me transformerai en train. D'accord, Olive ? Les pépiements lents, étranges de la nuit me faisaient trembler. J'ai fini par répondre : d'accord, tout à la fois soupçonnant qu'il n'y arriverait pas et terrifiée à l'idée qu'il y parvienne. Mais je l'avais accompagné jusque-là et il n'y avait plus de retour en arrière. Je te dis quand tu lâches les freins, a prévenu mon frère en s'avançant d'un pas sur les rails. Devant moi, il y avait cette tête rasée à la Remington sous le chapeau, le sac à dos Spider-Man, l'arrière des cuisses laissé nu par le short de pyjama rayé. J'attendais le signal. C'est alors que mon frère a tourné vers moi un visage plein de larmes. Olive. Si tu m'aimes, tu viens avec moi. Et toute sa poitrine s'est affaissée dans un sanglot.

Si tu m'aimes, tu viens avec moi, répétait David. Si tu m'aimes, tu viens, je serai un train et tu seras une grive, si tu m'aimes, tu viens avec moi, Olive. Je me suis figée. J'ai dit : mais je peux pas. David a pleuré de plus belle. Mais si tu peux, Olive. Si tu m'aimes, tu ne me laisses pas, tu viens avec moi, tu viens avec moi. Et à la perspective de devenir grive plutôt qu'Olive, j'ai reculé d'un pas. J'ai reculé d'un pas, puis d'un autre, sous les yeux noyés de mon frère, j'ai reculé jusqu'à quitter les rails, j'ai reculé jusqu'à revenir sur l'herbe, m'accrocher au panneau Danger de mort. Je peux pas, David. Et mon frère s'est effondré, accroupi sur le ballast. Il répétait : si tu m'aimes, tu ne me laisses pas. Les barrières du passage à niveau se sont baissées à ce moment-là.

Le reste s'est passé très vite. Y a un train qui arrive, David, j'ai dit, encore accrochée au panneau. David, y a un train qui arrive. Il ne m'écoutait pas. Viens avec moi, Olive. Allez, si tu m'aimes, si tu m'aimes, tu viens avec moi. J'ai crié : les barrières sont baissées, y a un train, David, y a un train. Un grondement dans le sol commençait à secouer nos chaussons. J'ai vu remuer la poussière, la fumée, le long de cette épée d'acier prête à éventrer mon frère, et la lumière féroce et liquide d'un million de lampes torches braquées sur l'animal. J'ai hurlé, y a un train, David ! puis je me suis retournée et j'ai couru. J'ai couru à toute allure. J'ai remonté l'allée hors d'haleine, j'ai grimpé les marches en pierre, le chemin en serpentin. J'ai couru, couru encore, jusqu'à notre allée, couru encore jusqu'à la maison. Tout là-haut, notre grille était encore grande ouverte. C'est moi qui ai secoué l'épaule de ma mère, moi qui ai dit David, gare, rails, train, et en cinq minutes j'étais à l'avant du monospace qui fonçait vers la gare.

Au fond du passage à niveau, les barrières s'étaient relevées. La lune versait sa nacre sur les rails, les arbres nous attendaient, calmes et cruels. Maman a bondi hors de la voiture. Je l'ai suivie jusqu'au panneau Danger de mort, et avec elle, je me suis penchée sur le ballast. Rien.

Rien que des rails et du gravier. Alors des branches ont remué dans le hêtre d'en face. J'ai vu le visage de mon David recroquevillé près du tronc, les genoux entre les bras, en short de pyjama, avec son sac à dos Spider-Man et son chapeau d'explorateur. Il me regardait. Ce fut la dernière fois. Sous la nuit, autour des rails, nous nous sommes regardés pour la dernière fois avec ce petit garçon couronné par tous du nimbe des fous, qui avait serré de sa main dodue, le long de l'allée en serpentin, la main rousse de sa sœur peut-être bien plus folle d'avoir laissé, à minuit, un train écraser leur enfance.

37

Quelqu'un, quelque part, a les cheveux épais et fume une cigarette. Il souffle la fumée, il va répondre à une question. Il dit qu'il a une sœur jumelle mais qu'il ne l'a pas vue depuis dix ans, peut-être plus. Il ne se souvient pas bien. Oh non, elle ne lui manque pas. Il écendre, le regard baissé, avec un petit sourire de mépris : y a rien à en tirer, de ma sœur. Il reprend sa cigarette. On lui demande : elle s'appelle comment, ta sœur ? Il répond : Olivia, comme le ferait un douanier. Quelqu'un, quelque part, a la frange rousse de ses dix ans, et contemple, dans le jardin d'une maison haute au bord du Loing, sa balançoire d'enfant qui remue et qui grince. Après la Nuit, nous ne nous sommes plus jamais balancés avec David. J'ai pris la chambre du rez-de-chaussée. Maman croyait qu'elle nous l'imposait pour que David ne me mette plus en danger, mais moi je savais bien que David préférait se tenir éloigné des traîtresses, comme je savais que les traîtresses mouraient de honte.

Il était fou, Olive, disait Maman dans la salle à manger. Il avait un diable, tu ne t'en souviens pas ? Je n'ai jamais rien dit. Que moi aussi, j'ai bâti le château de la Nuit soir après soir dans notre chambre, que moi aussi, j'ai estimé de tout mon être que mon frère serait plus heureux en train qu'en fils, je ne l'ai jamais dit. C'est moi qui ai ouvert la grille, moi qui ai posé en premier mon pied sur le gravier des rails – et pourtant, sous les yeux insectes de Maman pendant l'interrogatoire des médecins, je me suis cousu la bouche au fil de pêche. Il aurait peut-être suffi de ce fil pour que, à la place de psychose, on dise imagination. Mais j'ai tiré sur le fil, j'ai serré jusqu'au sang sur mes lèvres et j'ai laissé Maman dire que mon frère était fou, sans hurler qu'au contraire il n'avait fait que respecter à la lettre le rôle qu'elle lui attribuait. Je l'ai laissé rejoindre l'hôpital au lieu de notre collège. En rentrant le soir, il escaladait la grille à tant de reprises, brisait tant d'assiettes en porcelaine et laissait tant de traces de morsures sur les fauteuils et les mollets que je craignais qu'à force de se cogner contre les parois du monde il ne se brise en mille morceaux. Je l'ai trouvé un matin qui se frappait le visage contre le miroir de la chambre de nos parents. Le sang lui coulait en sillons. De lui, on disait trouble de la conduite. On disait : hétéroagressivité, impulsivité, dépression. On disait aussi : peu mobilisable. J'ai appris combien il était facile de déléguer la faculté d'enfermer son enfant quand David n'est plus rentré le soir et restait à l'hôpital jusqu'au samedi.

Année après année, j'ai croisé dans les couloirs de la maison, sans oser vraiment le regarder, ce corps fantomatique grandi sans mon aval. Chaque week-end, j'ai noté la peau de plus en plus irrégulière, de plus en plus bourgeonneuse. Nous nous entrechoquions sans rien dire à la porte de la salle de bains, et je saisissais, avec cette odeur rance de sueur et de tabac, quelques poils noirs et durs autour de sa bouche qui déchiraient mon cœur. Il n'aurait pas dû grandir. Il aurait dû avoir dix ans, nous n'aurions jamais dû nous haïr, mais voilà que le temps passait, hystérique, et que mon frère s'était mis à avoir douze ans, treize ans, seize ans, et à jouer sa partition de fou sans sa dernière alliée. Maman racontait qu'il était en pension. Elle continuait à inviter des amis et à trinquer dans le jardin ; lui s'enfermait dans le noir de sa chambre jusqu'au lundi matin. Il n'en sortait que pour prendre ses médicaments, la main plaquée sur les yeux, car il ne supportait plus la lumière. À l'étage, j'entendais parfois, dans la chambre près du tilleul, le hoquet d'un sanglot. Une fois, j'ai poussé sa porte. Un filet de jour s'échappait des rideaux mal tirés et mon David, dans son grand lit deux places, protégeait son visage avec un oreiller. Il pleurait. Je me suis avancée, j'ai réajusté le pan rebelle pour faire revenir ce noir mat qui le gardait en santé. Je me suis tournée vers lui pour croiser son regard, prête à dire quelque chose. Casse-toi, Olive, m'a lancé mon frère.

David est parti pour toujours le matin de nos dix-huit ans. Quand j'ai ouvert les persiennes de ma chambre au rez-de-chaussée, j'ai vu la grille ouverte et j'ai su tout de suite. Je suis montée dans sa chambre. J'ai trouvé le lit vide de mon frère. Il y avait ce petit oreiller en satin qui accrochait la lumière ambrée. Le reste était prison, avec l'oblique régulier des branches projeté jusqu'au bout du sommier. Si j'avais eu le courage de David, j'aurais percé le mur de robustes crochets en fer, j'y aurais suspendu un hamac. Il se serait balancé dans les hauteurs par-dessus les barreaux, son mouvement aurait brisé toutes les ombres et démoli les hôpitaux. Je n'avais pas ce courage, et c'était fini. L'histoire s'est écrite comme elle devait s'écrire. Mais je regarde en arrière, je nous vois sur les rails de la Nuit, et je sais que cette heure de folie aura été pour mon enfance, comme un feu follet flottant dans la brume bleue d'un marécage, un bref instant de raison.

38

Il y a ce rêve étrange que je fais parfois où David et moi, à dix ans, marchons sur les rails du passage à niveau. Il est minuit. Nous marchons, et soudain nous glissons sur une neige de ballast et de barres d'acier qui chauffent à notre contact. Les étincelles ne nous font pas mal. Nous glissons, et soudain nous volons, de gare en gare entre les hêtres, nous volons bras et jambes ouverts, David et moi, son visage rond de pleine lune avant la haine et les ravages. Nous atteignons Nemours, Bourron-Marlotte, Souppes-sur-Loing. Nous atterrissons juste devant la grille de chez nous où une Maman de mon âge aujourd'hui nous dispute, nous ordonne de rentrer immédiatement. David baisse le regard, fait un pas triste vers la maison. Mais moi, je ne baisse pas le regard. Moi, je regarde Maman. Je me mets alors à danser. C'est un numéro de music-hall avec du mime et des chansons, des pirouettes, un numéro de clown et de magicienne, de gymnaste, que j'ai cent fois déployé pour mon frère. Et David, près de moi, se met à danser aussi. Nous dansons dans l'allée en fixant notre mère ahurie sous le ciel noir. Le bitume sous nos pieds se transforme en rails et sur les rails, nous dansons et nous rions comme deux petits diables. Je fais ce rêve et ce n'est pas ce qui s'est passé pour de vrai, cette nuit-là. Mais ce n'est pas grave. Avec mon frère David, nous sommes des diables. Nous sommes des dieux.

Composition : Soft Office.
Achevé d'imprimer
sur Roto-Page
par l'Imprimerie Floch
à Mayenne, en juin 2024.
Dépôt légal : août 2024.
Numéro d'imprimeur : 105031.

ISBN 978-2-07-307426-3 / Imprimé en France.

635905